LES PETITS
EROT

Si ses œuvres sont rédigées en américain, le français et l'espagnol ont été les premières langues parlées et écrites par Anaïs Nin, femme de lettres cosmopolite (et citoyenne américaine), née en 1903 dans la banlieue de Paris, à Neuilly — où son père Joaquin Nin, pianiste et compositeur espagnol, s'était fixé après son mariage à Cuba avec Rosa Culmell, franco-danoise, fille du consul de Danemark à La Havane. Anaïs a neuf ans quand ses parents se séparent, onze quand sa mère l'emmène aux Etats-Unis avec ses frères cadets. A seize ans, elle se fait modèle puis danseuse espagnole pour échapper à la monotonie de la maison meublée tenue par sa mère et elle achève seule son instruction par la lecture.

Mariée à vingt ans avec le banquier américain Hugh Guiler (qui se fera un nom — Ian Hugo — comme graveur et cinéaste), elle vit jusqu'à la seconde guerre mondiale en Europe où elle écrit ses premiers livres et fréquente les artistes et écrivains étrangers. En 1940, elle retourne aux Etats-Unis, doit publier à ses frais ses ouvrages illustrés par son mari, mais conquiert peu à peu une place dans les lettres américaines. Son œuvre la plus importante — son Journal tenu depuis l'âge de onze ans — n'a pu paraître que condensée, étant donné le nombre de volumes qu'elle comporte.

Anaïs Nin est décédée en janvier 1977.

Les lecteurs du célèbre *Journal* d'Anaïs Nin savent qu'en 1940, sur l'instigation d'un mystérieux collectionneur, Henry Miller et Anaïs Nin écrivent des « érotiques ». L'exigeant collectionneur demandait que l'on insiste sur le sexe, au détriment de toute poésie, ce qui choquait profondément les convictions d'Anaïs Nin.

Longtemps, ces textes furent mis en sommeil.

« En les relisant, bien des années plus tard, je m'aperçois que ma propre voix n'a pas été complètement étouffée. Dans de nombreux passages, de façon intuitive, j'ai utilisé le langage d'une femme, décrivant les rapports sexuels comme les vit une femme. J'ai finalement décidé de publier ces textes érotiques, parce qu'ils représentent les premiers efforts d'une femme pour parler d'un domaine qui avait été jusqu'alors réservé aux hommes. »

ŒUVRES DE ANAÏS NIN

Paru dans Le Livre de Poche :

ANAÏS NIN

Les Petits Oiseaux

Erotica II

TRADUIT DE L'AMÉRICAIN
PAR BÉATRICE COMMENGÉ

STOCK

Titre original :

LITTLE BIRDS EROTICA

(Harcourt Brace Jovanovich, New York and London, 1979.)

PRÉFACE[1]

Il est intéressant de noter que très peu d'écrivains ont écrit, de leur propre initiative, des contes érotiques ou des confessions. Même en France où l'on estime pourtant que la sexualité joue un grand rôle dans la vie, les écrivains qui se sont essayés à ce genre de littérature l'ont fait par nécessité — par besoin d'argent.

C'est une chose que de mêler un peu d'érotisme à un roman ou à une histoire, mais c'en est une autre que de faire de l'érotisme le seul sujet d'un livre. Dans le premier cas, c'est l'expression de la vie elle-même. C'est quelque chose de naturel, de sincère que l'on retrouve, par exemple, dans certaines pages de Zola ou de Lawrence. Mais ne s'intéresser qu'à la vie sexuelle n'est pas naturel — un peu comme la vie d'une prostituée, qu'une activité sexuelle anormale finit par éloigner de la vraie sensualité. Il se peut que les écrivains en

1. Adaptée de l'introduction à l'histoire de « Marianne » dans *Vénus Erotica*.

soient conscients. C'est pourquoi ils ont tout au plus écrit une confession ou quelques histoires sur ce sujet, en marge de leur œuvre, pour satisfaire leur besoin d'honnêteté, comme l'a fait Mark Twain.

Mais quel est le sort d'un groupe d'écrivains dont le besoin d'argent est tel qu'ils sont obligés de se consacrer entièrement à cette littérature? En quoi cela peut-il affecter leur vie, leur attitude à l'égard du monde, leur œuvre? Et quelle influence cela a-t-il sur leur vie sexuelle?

Laissez-moi vous dire que je fus un temps la mère spirituelle d'un tel groupe. A New York la vie devenait toujours plus difficile, plus cruelle. Je devais m'occuper de beaucoup de gens, résoudre toutes sortes de problèmes, et, comme mon caractère ressemblait un peu à celui de George Sand, qui écrivait la nuit pour pouvoir s'occuper de ses enfants, de ses amants, de ses amis, il fallait absolument que je trouve du travail. Et je suis devenue ce que j'appellerais la « madame » d'une maison très particulière de prostitution littéraire. C'était une maison[1] très artistique, je dois l'avouer : un simple studio éclairé par des vitraux, que j'avais peints pour donner à la pièce un air de cathédrale païenne.

Avant de m'engager dans cette nouvelle profession, j'étais connue comme poète, comme une femme indépendante qui n'écrivait que pour son propre plaisir. De nombreux jeunes poètes et écrivains venaient à moi. Nous aimions travailler ensemble, discuter et faire partager notre progres-

---

1. En français dans le texte. *(N.d.T.)*

sion dans le travail. Malgré leurs différences de caractères, de goûts, d'habitudes et de vices, tous ces écrivains avaient une chose en commun : ils étaient pauvres. Désespérément pauvres. Très souvent, ma maison se transformait en cafétéria où ils arrivaient affamés, incapables de parler; nous mangions des flocons d'avoine parce que c'était bon marché et redonnait des forces.

Presque toute notre littérature érotique sort d'estomacs vides. Il est vrai que la faim est un bon stimulant pour l'imagination; elle ne stimule pas la puissance sexuelle, et la puissance sexuelle n'est jamais à l'origine d'aventures extraordinaires. Plus la faim est grande, plus grands sont les désirs, comme ceux des prisonniers — des désirs sauvages et obsédants. Aussi réunissions-nous les conditions idéales pour la culture de l'érotisme.

Naturellement, si la faim est trop tenace, trop permanente, vous finissez par devenir un raté, un clochard. Ces hommes qui dorment le long de l'East River sous les porches des maisons, dans le quartier de Bowery, n'ont plus aucune vie sexuelle, dit-on. Mes écrivains — et certains habitaient le Bowery — n'avaient pas encore atteint ce stade.

Quant à moi, j'oubliais mon œuvre véritable quand je devais écrire des histoires érotiques. Elles sont mes aventures dans ce monde du sexe. J'eus du mal, au début, à les exposer au grand jour. La vie sexuelle, pour nous tous — poètes, écrivains, artistes — se cache souvent, masquée sous plusieurs épaisseurs. Elle apparaît comme une femme voilée, à demi rêvée.

LES PETITS OISEAUX

Manuel et sa femme étaient pauvres; lorsqu'ils se mirent à chercher un appartement à Paris, ils ne trouvèrent que deux pièces sombres en sous-sol, donnant sur une arrière-cour exiguë, un étouffoir. Manuel était triste; c'était un artiste : il avait besoin de lumière pour travailler. Sa femme ne s'en souciait pas. Chaque jour, elle quittait la maison pour répéter ses numéros de trapéziste dans un cirque.

Dans cette demeure souterraine, il se sentait prisonnier. Les concierges étaient très âgés, et les propriétaires, qui logeaient dans la même maison, semblaient vouloir en faire un asile de vieillards.

Alors Manuel se mit à errer dans les rues, jusqu'au moment où il tomba sur une pancarte : « A LOUER. » On le conduisit à deux pièces en attique, qui ressemblaient à un taudis, mais l'une des pièces donnait sur une terrasse; Manuel y fut accueilli par des cris d'écolières en récréation. Il y avait une école de l'autre côté de la rue et les élèves jouaient dans une cour située juste au-dessous de la terrasse.

Manuel observa les petites filles pendant un long moment : son visage s'éclaira d'un sourire rayonnant. Son corps fut saisi d'un léger tremblement, comme celui d'un homme qui pressent le plaisir. Il voulait emménager sur-le-champ : le soir même, il persuada Thérèse d'aller visiter les lieux, mais elle n'y vit que deux pièces inhabitables, sales, à l'abandon. Manuel ne cessait de répéter : « Mais il y a de la lumière; de la lumière pour peindre — et une terrasse. » Thérèse haussa les épaules en disant : « Je n'aimerais pas vivre ici. »

Alors Manuel se mit au travail. Il acheta de la peinture, du ciment et du bois. Il loua les deux pièces et décida de les rendre habitables. Il n'avait jamais aimé ce genre de travail, mais il se lança cette fois dans des travaux de menuiserie et de peinture afin d'embellir les lieux pour Thérèse. Et tout en plâtrant, peignant, cimentant, clouant, il entendait les rires des petites filles dans la cour. Mais il se retenait, dans l'attente du moment opportun. Il aimait à imaginer ce que serait sa vie dans cet appartement, juste en face de l'école.

En deux semaines, l'appartement fut transformé. Murs blancs, toilettes utilisables, plus de trous dans le plancher et des portes qui fermaient. Thérèse vint le voir. Elle fut transportée d'enthousiasme et accepta immédiatement d'emménager. Ce qui fut fait en une journée. Manuel pourrait enfin peindre dans la lumière. Il dansait de joie; il n'était plus le même.

Thérèse était heureuse de le voir de si bonne humeur. Le jour suivant, alors que les paquets n'étaient pas encore complètement défaits et qu'ils venaient de passer la nuit sur des lits sans draps, Thérèse partit travailler, laissant à Manuel le soin d'arranger la maison.

Mais au lieu de défaire les paquets, celui-ci prit la direction du marché aux oiseaux. Là, il dépensa l'argent du ménage pour acheter une cage et deux oiseaux exotiques. Il rentra chez lui et plaça la cage sur la terrasse. Il regarda un moment jouer les petites filles, observant leurs jambes sous leurs jupes flottantes. Elles avaient une manière charmante de tomber les unes sur les autres en jouant, et comme leurs cheveux volaient librement lorsqu'elles couraient! On devinait déjà les rondeurs de leurs poitrines à peine naissantes. Il se sentit rougir, mais il se ressaisit. Il avait un plan : tout était trop parfait pour qu'il renonce maintenant. Pendant trois jours tout l'argent du ménage servit à acheter toutes sortes d'oiseaux. La terrasse était devenue une véritable volière.

Chaque matin, à dix heures, Thérèse partit travailler, et l'appartement s'emplissait de soleil, des rires et des cris des petites filles.

Le quatrième jour, Manuel sortit sur la terrasse. Dix heures était l'heure de la récréation. La cour était très animée. Aux yeux de Manuel, ce n'était que débauche de jambes sous des jupes si courtes qu'il arrivait qu'on aperçût les culottes pendant le jeu. Manuel se sentait nerveux au milieu de tous ses oiseaux, mais, finalement, son plan réussit : les petites filles levèrent les yeux vers la terrasse.

Manuel les appela : « Pourquoi ne viendriez-vous pas regarder ? J'ai des oiseaux du monde entier. Il y a même un oiseau du Brésil à tête de singe. »

Les enfants sourirent, mais, à la sortie de l'école, poussées par la curiosité, plusieurs grimpèrent jusqu'à l'attique. Manuel craignait que Thérèse n'arrivât à l'improviste. Aussi se contenta-t-il de laisser les petites filles observer les oiseaux, s'amuser de leurs becs de couleur, de leurs cabrioles et de leurs cris étranges. Il les laissa bavarder entre elles et se familiariser avec la maison.

Lorsque Thérèse arriva, à une heure et demie, il avait obtenu des fillettes la promesse qu'elles reviendraient le lendemain à midi à la sortie de l'école.

Elles arrivèrent à l'heure dite : quatre fillettes de taille différente — l'une aux longs cheveux blonds, une autre toute bouclée, la troisième potelée et sensuelle, la quatrième mince et timide, avec de grands yeux.

En les regardant devant les oiseaux, Manuel se sentait de plus en plus excité. Il leur dit soudain : « Excusez-moi. Je vais aux toilettes. »

Il laissa intentionnellement la porte des cabinets ouverte pour qu'elles puissent le voir. Seule l'une d'entre elles, la timide, se retourna et fixa son regard sur lui. Manuel tournait le dos aux fillettes, mais regardait par-dessus son épaule pour voir si elles l'observaient. Lorsqu'il remarqua les yeux immenses de la petite fille, celle-ci détourna aussitôt son regard. Manuel fut obligé de reboutonner sa braguette. Il voulait savourer son plaisir. C'était assez pour aujourd'hui.

La vue de ces immenses yeux fixés sur lui le laissa rêveur pour toute la journée; il ne cessait d'offrir au miroir le spectacle de sa verge excitée, qu'il soupesait comme un bonbon, comme un fruit ou une offrande.

Manuel était tout à fait conscient d'avoir été favorisé par la nature pour ce qui était de la taille. S'il était exact que son membre perdait toute sa vigueur au contact d'une femme; s'il était vrai qu'il se trouvait impuissant chaque fois qu'il s'agissait de satisfaire Thérèse, il était également vrai que chaque fois qu'une femme levait les yeux sur lui, sa verge prenait aussitôt des proportions énormes et se montrait des plus entreprenantes. C'était dans ces occasions qu'il était au mieux de sa forme.

Pendant que les fillettes étaient en classe, il fréquentait beaucoup les *pissoirs*[1] — si nombreux — de Paris : ces petits kiosques ronds, labyrinthes sans portes, d'où sortaient des hommes reboutonnant fièrement leur braguette tout en regardant droit dans les yeux quelque dame élégante et parfumée, qui ne remarquait pas aussitôt le pissoir et ne baissait les yeux qu'au bout d'un moment. C'était là un des plaisirs favoris de Manuel.

Il lui arrivait aussi de lever les yeux tandis qu'il urinait debout dans une pissotière : souvent, une

---

1. En français dans le texte. *(N.d.T.)*

femme était à sa fenêtre ou sur son balcon et pouvait le voir, le sexe à la main. Il ne tirait aucun plaisir des regards des hommes : sinon, les pissotières auraient été pour lui un paradis; tous les hommes connaissaient l'excitation que l'on retire à uriner tout en regardant son voisin faire la même chose. Les adolescents fréquentent parfois les pissotières dans ce seul but, s'aidant souvent mutuellement pour arriver à leur fin.

Le jour où la timide fillette avait regardé Manuel, celui-ci s'était senti heureux. Il pensait que désormais il serait plus facile pour lui de satisfaire son désir, s'il avait la force de se contrôler. Ce qu'il craignait, c'était que le désir ne s'emparât de lui avec tant de violence qu'il s'exhiberait quel qu'en fût le risque — et tout serait gâché.

C'était l'heure d'une seconde visite. Les petites filles montaient l'escalier. Manuel avait revêtu un peignoir de bain, un de ceux qui peuvent s'ouvrir facilement, par accident.

Les oiseaux offraient un merveilleux spectacle — de cris, de baisers, de querelles. Manuel se tenait debout derrière les filles. Soudain, son peignoir s'ouvrit, et il se retrouva en train de caresser les longs cheveux blonds de la petite fille. Il perdit la tête. Au lieu de refermer son peignoir, il l'ouvrit encore plus largement, et, lorsque les fillettes se retournèrent, elles le virent transi de désir, son énorme sexe dirigé sur elles. Elles prirent peur, comme de petits oiseaux, et s'enfuirent.

LA FEMME SUR LES DUNES

Louis ne trouvait pas le sommeil. Allongé sur le ventre, la tête enfouie dans l'oreiller, il se mit à glisser entre les draps tièdes, comme s'il avait été sur le corps d'une femme. Mais le frottement ne fit que l'exciter davantage, et il s'arrêta.

Il sauta du lit et regarda sa montre. Il était deux heures. Que faire pour se calmer? Il sortit. La pleine lune éclairait son chemin. Il se trouvait dans une petite ville normande aux rues bordées de villas, que l'on pouvait louer pour la nuit ou la semaine. Il errait, sans but, dans la ville.

Puis il remarqua de la lumière dans l'une des villas. Elle était isolée, au milieu d'un bois. Il se demandait qui pouvait être encore debout à cette heure si tardive. Il s'approcha sans bruit; l'empreinte de ses pas disparaissait dans le sable. Les stores vénitiens étaient baissés, mais pas complètement fermés, si bien qu'il pouvait très bien voir à l'intérieur de la pièce. Un spectacle des plus extraordinaires s'offrit à ses yeux : un lit, très large, couvert d'oreillers et de couvertures en désordre, comme s'il avait déjà été le lieu d'une grande bataille; un homme, bien calé contre une pile d'oreillers dans un coin du lit, le buste légèrement renversé, tel un pacha au milieu de son harem, l'air calme et satisfait, entièrement nu, les jambes écartées; et une femme, également nue, que Louis ne pouvait voir que de dos, la tête entre les jambes de ce pacha, s'agitant en contorsions diverses dont elle semblait tirer un tel plaisir que son derrière en était secoué et les muscles de ses jambes raidis, comme prête à bondir.

De temps en temps, l'homme posait une main sur la tête de la femme, comme pour retenir sa fureur. Il essayait de se dégager. Mais alors elle se redressait d'un bond et s'agenouillait tout contre le visage du pacha. Il ne bougeait plus. Le dos légèrement cambré, la femme offrait son sexe à sa bouche.

Comme il ne pouvait plus faire un mouvement, c'était elle qui devait s'approcher de la bouche de l'homme, qui ne l'avait pas encore touchée. Louis vit la verge du pacha se dresser et s'allonger : il essayait d'amener la femme sur lui. Mais elle demeura dans la même position, admirant son propre ventre, si parfait, sa toison, et son sexe tout contre la bouche de l'homme.

Puis, tout doucement, elle se serra plus près de lui, la tête penchée en avant, observant cette bouche qui, entre ses jambes, salivait de plaisir.

Ils gardèrent cette position pendant un long

moment. Louis était dans un tel état d'excitation qu'il quitta la fenêtre. S'il était resté plus longtemps, il se serait jeté sur le sol pour satisfaire son désir d'une quelconque manière et, cela, il ne le voulait pas.

Il avait soudain l'impression que, dans chaque villa, devaient se passer des choses auxquelles il aurait aimé prendre part. Il accéléra le pas, hanté par l'image de cet homme et de cette femme au ventre rond et ferme, qui se cambrait au-dessus de l'homme...

Il marcha jusqu'aux dunes de sable et se trouva dans la solitude la plus totale. Sous la pleine lune, les dunes ressemblaient à des collines enneigées. Derrière elles, la mer, dont il entendait les vagues régulières. Il avançait sous le clair de lune. Soudain, il aperçut une silhouette qui marchait devant lui, d'un pas léger et rapide. C'était une femme. Elle portait une sorte de cape, que le vent gonflait comme une voile et qui semblait l'entraîner en avant. Jamais il ne la rattraperait.

Elle marchait en direction de la mer. Il la suivit. Ils avancèrent longtemps sur ces dunes enneigées. Arrivée au bord de l'eau, elle jeta ses vêtements à ses pieds : elle était nue dans la nuit claire. Elle se précipita dans les vagues déferlantes. Louis, pour l'imiter, ôta ses vêtements et la suivit dans l'eau. Ce n'est qu'alors qu'elle l'aperçut. D'abord, elle se tint sur ses gardes. Puis, lorsqu'elle put voir le jeune corps de Louis sous la lune, son beau visage, son sourire, elle n'éprouva plus la moindre peur. Il nagea vers elle. Ils se sourirent. Le sourire de Louis, même la nuit, était éclatant; celui de la jeune femme également. Ils ne pouvaient guère distinguer autre chose que le rayonnement de leurs sourires et les lignes parfaites de leurs corps.

Il se rapprocha d'elle. Elle le laissa faire. Avec grâce et agilité, il passa sur elle à la nage, la frôlant, la dépassant.

Elle nageait toujours. Il ne cessa de passer et de repasser au-dessus d'elle. Soudain, elle se redressa. Il plongea entre ses jambes. Ils éclatèrent de rire. Tous deux nageaient avec aisance.

Il était très excité. Son sexe était en érection. Puis ils se rapprochèrent l'un de l'autre, se ramassant sur eux-mêmes, comme s'ils allaient se battre. Leurs corps se touchèrent, et elle sentit sa verge dressée.

Il plaça son sexe entre les jambes de la jeune femme. Elle le toucha. Il se mit à la caresser sur tout le corps. Elle se dégagea soudain, et il dut nager pour la rattraper. De nouveau son sexe glissait doucement entre ses jambes : il chercha à la pénétrer. Mais elle l'écarta et courut jusque sur les dunes. Ruisselant, rayonnant de joie, il courut derrière elle. La course le réchauffa et ranima son désir. Elle se laissa tomber sur le sable; il s'allongea sur elle.

Puis, au moment où il la désirait le plus, il perdit sa forme. Elle était là, étendue à ses côtés, souriante et trempée de désir, et lui était impuissant. Louis se sentait perdu. Pendant des jours, il n'avait cessé d'être en proie au désir. Et maintenant qu'il voulait cette femme, il était incapable de la prendre. Il se sentait profondément humilié.

Assez curieusement, la voix de la femme se fit plus tendre : « Nous avons tout notre temps, dit-elle. Ne bouge pas. C'est merveilleux. »

La chaleur de sa voix le pénétra. Il ne retrouva pas sa forme, mais il était heureux de la sentir contre lui. Leurs corps étaient allongés l'un contre l'autre, leurs ventres se touchaient; les poils de son sexe se confondaient avec la toison de la jeune femme dont les seins se pressaient contre sa poitrine; leurs bouches ne se lâchaient pas.

Puis, il se glissa doucement sur le côté pour la contempler — ses longues jambes, minces et lisses, sa toison abondante, sa peau claire et satinée, ses seins fermes et pleins, ses longs cheveux, son sourire.

Il était assis comme un bouddha. Elle se pencha sur lui et prit son sexe, encore petit, dans sa bouche. Elle le lécha doucement, tendrement, s'attardant sur le gland. Elle le sentit tressaillir sous sa bouche.

Louis regardait les lèvres rouges de la jeune femme s'arrondir avec délicatesse autour de son sexe. D'une main, elle caressait ses testicules et de l'autre elle avait entouré son gland, le pressant doucement.

Puis, s'asseyant en face de Louis, elle prit sa verge et la plaça entre ses jambes. Elle la faisait glisser lentement contre son clitoris, d'un mouvement régulier. Louis observait cette main : comme elle était belle, tenant ce sexe, comme s'il s'était agi d'une fleur. Cependant, il ne parvint pas à être assez dur pour la pénétrer.

Il pouvait voir les petites lèvres de son sexe,

toutes humides de plaisir, briller sous le clair de lune. Elle continuait de frotter la verge contre son clitoris. Leurs deux corps, d'une égale beauté, étaient penchés en avant; Louis sentait le contact de sa peau, sa chaleur; il aimait cette friction.

Elle dit : « Donne-moi ta langue » et se pencha sur lui. Sans pour autant lâcher sa verge, elle prit sa langue dans sa bouche et en toucha l'extrémité avec la sienne. Au frottement de son sexe contre son clitoris correspondait la pression de sa langue contre la sienne. Louis sentait comme un courant chaud aller et venir de sa langue à son sexe.

D'une voix enrouée, elle dit : « Tire ta langue le plus loin possible. »

Il lui obéit. De nouveau, elle cria : « Loin, loin, loin... » sans s'arrêter, et lorsqu'il le fit, il sentit son corps tout entier tressaillir comme si c'était son sexe qui se dressait le plus loin possible pour l'atteindre.

Elle avait gardé sa bouche entrouverte; ses longs doigts caressaient toujours sa verge; les jambes largement écartées, elle attendait.

Louis sentit en lui comme un tourbillon : son sang parcourut tout son corps, jusque dans son sexe, qui durcit enfin.

La femme attendit. Elle ne s'empara pas aussitôt de sa verge. Elle le laissa presser, de temps en temps, sa langue contre la sienne. Elle le laissa haleter comme un chien, prêt à tout, lui offrant tout son être. Il contemplait les lèvres rouges de son sexe, offertes à son désir, et soudain il fut saisi d'un tremblement violent : au paroxysme de l'excitation, son pénis se durcit tout à fait. Il se jeta sur elle, plongeant sa langue dans la bouche de la femme, pénétrant son sexe avec force.

Mais, cette fois encore, il ne parvint pas à jouir. Ils roulèrent un moment, enlacés sur le sable. Puis ils se levèrent et se mirent à marcher, leurs vêtements à la main. Elle se régalait de voir le sexe de Louis si gros de désir. Parfois, ils se laissaient tomber sur le sable et il la pénétrait, lui faisait un moment l'amour, puis la laissait, trempée de plaisir. Puis ils reprenaient leur marche : lorsqu'elle était devant lui, il l'encerclait de ses bras et la faisait mettre à quatre pattes : alors, il la prenait comme une chienne, la pénétrant avec violence, l'embrassant tout en tenant sa poitrine dans ses mains.

« Veux-tu maintenant ? Me veux-tu ? demanda-t-il.

— Oui, donne-toi à moi. Mais fais durer ton plaisir, ne jouis pas tout de suite; c'est ainsi que j'aime l'amour, quand il dure, encore et encore. »

Fiévreuse de désir, moite de plaisir, elle marchait à ses côtés, attendant le moment, où il la jetterait sur le sable et la prendrait de nouveau, où elle sentirait son sexe remuer en elle, et la quitter avant qu'elle ne jouisse. Chaque fois, elle sentait de nouveau ses mains se promener sur son corps, la douce chaleur du sable sur sa peau, sa bouche caressante, et le souffle du vent.

Tout en marchant, elle aimait prendre dans sa main sa verge en érection. Une fois, elle s'arrêta, se mit à genoux et l'embrassa. Louis se tenait devant elle, la dominant de toute sa hauteur, remuant légèrement son ventre en avant. Une autre fois, elle plaça sa verge entre ses seins, comme sur un coussin, et la fit glisser légèrement à cet endroit moelleux. Le cœur battant, pris de vertige sous tant de caresses, ils marchaient, comme ivres, dans le sable.

Soudain, ils aperçurent une maison et s'arrêtèrent. Il lui demanda de se cacher derrière les buissons. Il avait envie de jouir; il refusait de la laisser partir avant. Elle était terriblement excitée, mais cependant elle désirait se retenir pour l'attendre.

Lorsqu'il la pénétra, il fut secoué de plaisir et jouit avec violence. Elle se mit presque sur lui pour atteindre l'orgasme. Ils crièrent ensemble.

Allongés sur le dos, calmés, fumant une cigarette dans l'aube qui se levait doucement éclairant peu à peu leurs visages, ils sentirent la fraîcheur pour la première fois et se couvrirent. La femme, le regard perdu dans le lointain, raconta une histoire à Louis.

Elle se trouvait à Paris, au moment où l'on avait pendu un radical russe, qui avait assassiné un diplomate. Elle vivait alors à Montmartre, fréquentait les cafés à la mode, et avait suivi le procès avec passion comme tous ses amis, car ce fanatique avait donné des réponses dignes de Dostoïevski aux questions qui lui avaient été posées, et avait fait face au procès avec un courage et une foi remarquables.

A cette époque, on exécutait encore les coupables pour des crimes de cette importance. Les exécutions avaient lieu généralement à l'aube, quand tout le monde dormait, dans un petit square proche de la prison de la Santé, là où l'on avait installé la guillotine à l'époque de la Révolution. Personne ne pouvait s'approcher de trop près. En général, le public n'était pas très nombreux pour assister à ces pendaisons. Mais dans le cas du Russe, à cause de l'émotion qu'avait soulevée son procès, tous les étudiants et les artistes de Montparnasse, tous les révolutionnaires et les agitateurs politiques avaient décidé d'assister à l'exécution. Ils avaient attendu toute la nuit, en se soûlant.

Elle avait attendu avec eux, avait bu avec eux : elle se trouvait dans un état de grande excitation, mêlée de peur. C'était la première fois qu'elle allait voir quelqu'un mourir. C'était la première fois qu'elle allait voir pendre quelqu'un. C'était la première fois qu'elle allait assister à une scène, qui s'était répétée tant de fois pendant la Révolution.

A l'approche de l'aube, la foule se dirigea vers le square, aussi près que la corde tendue par les policiers pouvait le permettre, et forma un cercle. Elle se sentait portée par une véritable marée humaine qui la poussait en avant, à une dizaine de mètres de l'échafaud.

Elle était là, debout, à la fois fascinée et terrifiée par le spectacle. Puis, un mouvement de foule lui fit perdre sa place. Cependant, elle pouvait quand même voir l'échafaud en se haussant sur la pointe des pieds. La foule la pressait de tous côtés. On amena le prisonnier, les yeux bandés. Le bourreau était debout à ses côtés, attendant les ordres. Deux policiers aidaient l'homme à grimper les marches de l'échafaud.

A ce moment précis, elle se rendit compte que quelqu'un se pressait contre elle avec une insistance pas du tout naturelle. Dans l'état de crainte et d'excitation dans lequel elle se trouvait, cette pression ne lui était pas désagréable. Son corps était en feu. De toute façon, elle pouvait à peine bouger, littéralement clouée au sol par la foule des curieux.

Elle portait un chemisier blanc et une jupe boutonnée sur le côté, comme l'exigeait la mode de l'époque — une jupe courte et un chemisier à travers lesquels on pouvait voir ses dessous roses et deviner la forme de ses seins.

Deux mains la saisirent par la taille; un homme était derrière elle contre ses fesses. Elle retenait sa respiration. Elle fixait l'homme qu'on allait pendre; une excitation douloureuse parcourait tout son corps tandis que l'homme, derrière elle, s'était mis à caresser ses seins.

Elle se sentait la proie de sensations contraires. Elle ne bougea pas, ne se retourna pas. Une main cherchait maintenant à ouvrir sa jupe et finit par trouver les boutons. Chaque fois que la main dégrafait un bouton, elle haletait à la fois de peur et de soulagement. La main attendait sa réaction avant de passer au bouton suivant. Elle ne fit pas un geste.

Alors, avec une dextérité et une habileté qu'elle n'aurait jamais soupçonnées, les deux mains firent tourner sa jupe, afin d'en placer l'ouverture dans le dos. Dans la foule soulevée, elle ne sentait plus maintenant que le membre d'un homme se glisser lentement dans la fente de sa jupe.

Ses yeux demeuraient fixés sur l'homme qui montait sur l'échafaud, et, à chaque battement de son cœur, elle sentait la verge gagner du terrain. Le membre, la jupe franchie, s'était glissé sous sa culotte. Elle aimait cette chaleur et cette dureté dans sa chair. Le condamné était maintenant sur l'échafaud et on était en train de lui passer la corde autour du cou. Ce spectacle était si douloureux que la sensation de cette chair en elle était comme un soulagement, une consolation, une chaleur dont elle avait besoin. Elle avait l'impression que ce pénis qui frémissait entre ses fesses était une parcelle de vie à laquelle elle pouvait se raccrocher, quelque chose de merveilleux, de vivant, tandis que la mort passait...

Sans un mot, le Russe enfila sa tête dans le nœud coulant. Elle sentit son corps trembler. La verge poursuivait son chemin, inexorablement, dans sa chair.

Elle tremblait de peur, un tremblement qui ressemblait à celui du désir. Au moment où le condamné fut envoyé au ciel, la verge fut prise d'un dernier sursaut, libérant en elle toute sa vie.

La foule pressa encore plus fort. Elle pouvait à peine respirer : sa peur se transforma en plaisir — un plaisir sauvage en sentant cette vie en elle au moment où un homme mourait — et elle s'évanouit.

Après ce récit, Louis s'endormit. Lorsqu'il se réveilla, encore habité de rêves sensuels, tremblant d'une étreinte imaginaire, il s'aperçut que la femme était partie. Il suivit ses empreintes dans le sable pendant un moment, mais elles disparurent lorsqu'il arriva près des bosquets qui bordaient les villas : ainsi, il la perdit.

DEUX SŒURS

IL était une fois deux sœurs. L'une était brune, trapue et vive. L'autre était fine et délicate. Dorothy possédait la force. Edna avait une très belle voix, qui charmait ceux qui l'écoutaient; elle voulait devenir actrice. Elles étaient issues d'une famille aisée du Maryland. Un jour, leur père avait brûlé cérémonieusement les livres de D.H. Lawrence dans la cave, ce qui laisse deviner les idées de la famille sur la vie sexuelle. Mais, malgré cela, leur père aimait bien prendre ses petites filles sur les genoux, passer sa main sous leur robe, les caresser, les yeux humides et brillants.

Elles avaient deux frères, Jake et David. Tant qu'ils n'avaient encore jamais eu d'érection, les garçons s'amusaient à faire l'amour à leurs sœurs. David et Dorothy étaient inséparables, de même qu'Edna et Jake. Le fragile David aimait la force de sa sœur, de même que Jake, plus viril, était séduit par la fragilité d'Edna. Les deux frères glissaient leur petit pénis entre les cuisses de leurs sœurs, mais c'était tout. Ces scènes se passaient dans le plus grand secret sur le tapis de la salle à manger, tant ils avaient l'impression de commettre le pire des crimes sexuels.

Puis, un beau jour, ces jeux cessèrent. Les garçons avaient découvert le monde du sexe grâce à l'un de leurs camarades. Les filles grandissaient, prenaient conscience d'elles-mêmes. Le puritanisme régnait en maître au sein de la famille. Le père combattait avec véhémence tout ce qui venait du dehors. Il maugréait contre les jeunes gens, qui tournaient autour de la maison. Il était contre les bals, les réceptions en tous genres. Avec le fanatisme d'un inquisiteur, il brûlait les livres que ses enfants lisaient. Il cessa de caresser ses filles. Il ignorait qu'elles avaient légèrement fendu leurs culottes pour qu'on puisse les embrasser entre les cuisses; il ignorait qu'elles aimaient sucer le sexe des garçons dans les voitures, que le siège de la voiture familiale était maculé de sperme. Et malgré tout, il renvoyait toujours les jeunes gens, qui appelaient trop souvent. Il faisait tout pour empêcher ses filles de se marier.

Dorothy étudiait la sculpture. Edna voulait monter sur les planches. Mais elle tomba amoureuse d'un homme plus âgé qu'elle, en fait le premier homme qu'elle rencontra; les autres n'étaient à ses yeux que des enfants; ils éveillaient en elle une sorte de sentiment maternel, un désir de les protéger. Mais Harry avait quarante ans; il travaillait pour une compagnie qui organisait des croisières pour millionnaires. Chargé des « relations publiques » au cours de la croisière, il devait veiller à ce que les invités ne s'ennuient pas, à ce qu'ils fassent connaissance; il devait s'assurer de leur confort — et de leurs intrigues. Il aidait les maris à échapper à la vigilance de leurs épouses, et les épouses à échapper à celle de leurs maris. Les récits de ses voyages au milieu de tous ces gens gâtés excitaient Edna.

Ils se marièrent. Ils firent ensemble une croisière autour du monde. Edna découvrit au cours de leurs voyages que c'était souvent le chargé des « relations publiques » qui pourvoyait lui-même aux intrigues amoureuses.

A son retour de voyage, Edna se sentit plus détachée de son mari. Il ne l'avait pas éveillée sexuellement. Elle ignorait pourquoi. Parfois, elle pensait que cela venait peut-être d'avoir découvert qu'il avait appartenu à tant de femmes. Dès la première nuit, elle eut l'impression que ce n'était pas elle qu'il possédait, mais une femme comme des centaines d'autres. Il n'avait manifesté aucune émotion. Lorsqu'il l'avait déshabillée, il lui avait dit : « Oh! comme tu as de grosses hanches. Tu paraissais si mince, je n'aurais jamais imaginé que tu avais de si grosses hanches. »

Elle s'était sentie humiliée; elle avait l'impression de n'être pas désirable. Ce qui paralysait sa confiance en elle, ses propres élans d'amour et de désir. En grande partie par vengeance, elle se mit à l'observer aussi froidement qu'il l'avait fait pour elle, et elle eut le spectacle d'un homme de quarante ans qui commençait à perdre ses cheveux, qui allait bientôt prendre du ventre et qui semblait mûr pour se retirer dans une vie monotone et sans passion. Il n'avait plus rien de l'homme qui avait parcouru le monde.

C'est alors qu'arriva Robert, trente ans, brun, avec le regard sombre et ardent d'un animal à la fois tendre et affamé. Il fut fasciné par la voix d'Edna, charmé par sa douceur. Il était complètement ensorcelé par Edna.

Il venait d'obtenir une bourse pour jouer dans une troupe de théâtre. Il partageait avec Edna le même amour des planches. Grâce à lui, elle retrouva sa confiance en elle, en son pouvoir de séduction. Lui-même, ne savait pas très bien si c'était de l'amour. Il la traitait un peu comme une sœur aînée jusqu'au jour où, dans les coulisses, alors que toute la troupe était partie et qu'Edna lui faisait répéter son texte, l'écoutant, lui donnant son avis, ils répétèrent la scène d'un baiser — qui ne s'arrêta pas. Il la prit, là, sur le sofa du décor, maladroitement, à la hâte, mais avec une telle intensité qu'elle le sentit à elle, comme elle n'avait jamais senti son mari. Toutes ses louanges, ses murmures d'adoration, ses cris d'émerveillement l'excitèrent et la firent fondre sous ses doigts. Ils tombèrent par terre. La poussière se collait à leurs cous, mais ils n'arrêtèrent pas pour autant leurs caresses, leurs baisers, et Robert la désira de nouveau.

Edna et Robert ne se quittaient plus. Pour Harry, elle avait un alibi : elle étudiait l'art dramatique. Ce fut une période d'ivresse, d'aveuglement, quand on ne vit plus que par ses mains, par sa bouche, par son corps. Edna laissa Harry partir seul en croisière. Elle était libre pour six mois. Edna et Robert vécurent ensemble à New York, en cachette. Ses mains dégageaient un tel magnétisme qu'à peine frôlaient-elles le bras d'Edna qu'elle sentait une chaleur lui parcourir le corps. Edna était offerte, et toujours plus sensible à la présence de Robert. Lui était toujours aussi charmé par sa voix. Il lui téléphonait à toute heure du jour pour l'entendre. C'était comme une mélodie, qui l'entraînait hors de lui-même et hors du monde. Les autres femmes n'existaient plus quand il était sous le charme.

Il se laissa porter par l'amour d'Edna avec un sentiment de possession absolue et de sécurité. Dormir en elle, se cacher en elle, la posséder, l'aimer, tout se confondait. Sans la moindre tension, le moindre doute, la moindre haine. L'acte d'amour n'était jamais bestial, ni cruel : personne ne cherchait à violer l'autre, à s'imposer, par la violence ou la force du désir. Non, c'était une fusion parfaite : tous deux s'enfonçaient ensemble dans la douce chaleur d'un monde de profondeurs.

Harry revint. A la même époque, Dorothy revint aussi, après un séjour dans l'Ouest où elle avait travaillé la sculpture. Elle-même ressemblait maintenant à un morceau de bois bien poli : ses traits s'étaient affermis et modelés, elle avait une voix assurée, des jambes solides; tout comme ses sculptures, elle respirait la force et la vigueur.

Elle remarqua ce qui s'était produit chez Edna, mais ignorait les raisons qui l'avaient détachée d'Harry. Elle pensait que Robert en était la cause, et elle ne l'aimait pas. Elle supposait qu'il n'était qu'un amant de passage, qui s'amusait à détruire le couple d'Edna et Harry. Elle ne voulait pas croire que c'était de l'amour. Robert devint son ennemi. Elle se montrait mordante, acerbe. Elle-même se présentait comme une vierge inapprochable, sans être pour autant puritaine ou bégueule. Elle était directe, comme un homme, employait un langage très cru, racontait des histoires grivoises, et riait quand on parlait de sexe. Cependant, elle restait imprenable.

Elle exultait devant la révolte de Robert. Elle aimait le feu qui l'animait, les démons hargneux et mordants qui vivaient en lui. Ce qu'elle détestait par-dessus tout, c'était de voir la plupart des hommes perdre leur assurance en sa présence, se montrer faibles et diminués. Seuls les timides l'approchaient, comme pour chercher sa force. Elle avait envie de les abriter, émue de les voir ainsi ramper vers elle, comme vers un arbre protecteur. Leur permettre de faire glisser leur sexe entre ses cuisses, c'était comme de permettre à un insecte de se promener sur son corps, alors qu'elle éprouvait une gloire à lutter pour chasser Robert de la vie d'Edna, en l'humiliant, en le bafouant. Ils s'asseyaient souvent tous les trois, Edna taisant toujours ses sentiments sur Harry, et Robert qui ne lui proposait pas de l'enlever à lui, Robert inconscient, se laissant porter par le romantisme de la situation — Robert rêveur. C'était cette inconscience que Dorothy lui reprochait. Edna le défendait; elle ne pouvait oublier avec quelle fougue Robert l'avait prise la première fois, sur cet étroit petit sofa, avec ce tapis poussiéreux sur lequel ils avaient roulé; elle pensait à ses mains, à la façon dont il l'avait pénétrée.

Edna disait à sa sœur : « Tu ne peux pas comprendre. Tu n'as jamais été amoureuse de cette manière. »

Alors Dorothy se taisait.

Les deux sœurs dormaient dans des chambres séparées par une immense salle de bain commune. Harry était de nouveau parti pour six mois. Robert venait passer les nuits avec Edna.

Un matin, en regardant par la fenêtre, Dorothy vit Edna quitter la maison. Elle ne savait pas que Robert dormait encore dans l'autre chambre. Elle entra dans la salle de bain pour prendre un bain. Edna avait laissé la porte de sa chambre ouverte, mais, se croyant seule, Dorothy ne se donna pas la peine de la fermer. Sur cette porte, il y avait un miroir. En entrant dans la salle de bain, Dorothy laissa tomber à terre son peignoir. Elle releva ses cheveux et commença à se maquiller. Son corps était magnifique. Chaque mouvement esquissé devant le miroir faisait ressortir les formes pleines et provocantes de sa poitrine et de ses fesses. La lumière jouait dans ses cheveux; elle se mit à les brosser. Ses seins dansaient dans le mouvement. Elle se tenait sur la pointe des pieds pour maquiller ses cils.

En ouvrant les yeux, Robert se trouva devant ce spectacle, qui se reflétait dans le miroir. Soudain, il sentit son corps s'enflammer. Il rejeta les couvertures. Il pouvait encore voir Dorothy dans la glace. Elle était penchée en avant pour ramasser ses épingles à cheveux. Robert ne put se retenir plus longtemps. Il entra dans la salle de bain et ne bougea plus. Dorothy ne poussa aucun cri. Il était nu, son sexe dressé pointant dans sa direction, ses yeux bruns brûlant de désir.

Lorsqu'il fit un pas vers elle, Dorothy fut saisie d'un curieux tremblement. Elle éprouvait un désir incontrôlable de s'approcher de lui. Ils tombèrent l'un sur l'autre. Il la tira jusqu'au lit, la portant à moitié, la traînant par terre. On aurait dit que leur lutte se poursuivait, car elle se débattait, mais, plus elle bougeait, plus il augmentait la pression de ses genoux, de ses mains, de sa bouche. Robert avait un désir fou de lui faire mal, de la soumettre à sa volonté, et la résistance de Dorothy ne faisait que réchauffer ses muscles, ranimer sa colère. Lorsqu'il la pénétra, traversant le voile de sa virginité, il mordit sa chair, ajoutant encore à sa douleur. Mais elle l'oubliait, tant son être était excité par le corps de Robert. Partout où il la touchait, elle s'enflammait; et, après la première douleur, elle eut l'impression que son sexe était lui aussi en feu. Lorsqu'il s'arrêta, elle le désirait encore. Et ce fut elle qui saisit sa verge entre ses doigts et qui la fit glisser en elle; et plus la douleur était intense, plus grande était son extase à le sentir vivre au fond de sa chair.

Robert avait découvert une sensation plus forte, une saveur plus grande — l'odeur de la chevelure de Dorothy, de son corps, la force avec laquelle elle le serrait. En une heure, elle lui avait fait oublier ses sentiments pour Edna.

Après cette scène, Dorothy se sentait comme possédée chaque fois qu'elle revoyait Robert allongé sur elle, faisant glisser son sexe entre ses seins, remontant jusqu'à sa bouche : elle éprouvait cet étourdissement dont on est victime devant un précipice, une impression de sombrer, de n'être plus rien.

Elle ne savait pas comment se comporter en face d'Edna. Elle était malade de jalousie. Elle avait peur que Robert ne veuille les garder toutes les deux. Mais, avec Edna, il avait maintenant l'impression d'être un enfant, allongé à ses côtés, la tête sur sa poitrine, éprouvant le besoin de se confesser à elle, comme à une mère, ne se doutant pas un instant que ses aveux pouvaient lui faire du mal. Mais il se rendit compte qu'il ne pouvait plus rester. Il inventa un voyage. Il demanda à Dorothy de l'accompagner. Dorothy lui dit qu'elle le rejoindrait plus tard. Il partit pour Londres.

Edna le rejoignit à Londres. Dorothy se rendit à Paris. Elle essayait maintenant d'échapper à Robert à cause d'Edna, qu'elle aimait beaucoup. Elle eut une aventure avec un jeune Américain, Donald, parce qu'il ressemblait à Robert.

Robert lui écrivit qu'il ne pouvait plus faire l'amour à Edna, qu'il devait chaque fois faire semblant. Il avait découvert qu'elle était née le même jour que sa mère, et il l'identifiait de plus en plus à sa mère, ce qui le paralysait. Il ne voulait pas lui dire la vérité.

Peu après, il partit pour Paris rejoindre Dorothy. Elle continuait toujours à voir Donald. Puis ils partirent en voyage tous les deux. Pendant la semaine qu'ils passèrent ensemble, ils eurent l'impression qu'ils allaient devenir fous. Les caresses de Robert mettaient Dorothy dans un tel état qu'elle l'implorait de la prendre. Il faisait semblant de refuser, juste pour le plaisir de la voir se tordre comme sous la torture, et si près de l'orgasme qu'il lui suffisait de l'effleurer de l'extrémité de son sexe pour qu'elle éclate. Puis elle apprit aussi à le taquiner, à l'abandonner au moment où il allait jouir. Elle faisait semblant de s'endormir. Et il restait là, torturé de désir et n'osant pas la réveiller. Il se collait à elle, plaçait sa verge contre ses fesses, espérant jouir en se pressant contre elle, mais il n'y parvenait pas; alors elle se réveillait et se mettait à le caresser, à le sucer de nouveau. Ils faisaient durer ce jeu si longtemps que cela devenait une véritable torture. Le visage de Dorothy était enflé d'avoir trop embrassé, et elle portait les marques des dents de Robert sur tout le corps, et, malgré cela, ils ne pouvaient pas se frôler dans la rue en marchant, sans aussitôt brûler de désir.

Ils décidèrent de se marier. Robert écrivit à Edna.

Le jour des noces, Edna vint à Paris. Pourquoi? Parce qu'elle voulait tout voir de ses propres yeux, et subir son amertume jusqu'à la dernière goutte. En quelques jours, c'était devenu une vieille femme. Un mois avant, elle était resplendissante, ravissante, avec sa voix comme un chant, une auréole autour d'elle, sa démarche aérienne, son sourire rayonnant. Maintenant, elle portait un masque. Et sur ce masque, elle avait passé de la poudre. Pas la moindre lueur de vie dessous. Ses cheveux étaient sans vie. Son regard ressemblait à celui d'une mourante.

Dorothy faillit s'évanouir en la voyant. Elle se mit à crier. Edna ne répondit pas. Elle se contenta de la fixer.

Le mariage fut sinistre. Donald fit irruption pendant la cérémonie, tel un dément, accusant Dorothy de l'avoir trahi, et menaçant de se suicider. A la fin, Dorothy s'évanouit. Edna ne bougeait pas, les fleurs à la main, tel un spectre.

Robert et Dorothy partirent en voyage. Ils désiraient revoir les endroits qu'ils avaient traversés quelques semaines plus tôt, et retrouver le même plaisir. Mais, lorsque Robert voulut prendre Dorothy, il se rendit compte qu'elle n'était plus la même. Son corps s'était métamorphosé. La vie l'avait déserté. Il pensa que c'était le choc, le choc d'avoir vu Edna, du mariage, de la scène de Donald. Alors, il redoubla de tendresse. Il attendit. Dorothy pleura cette nuit-là. Et la nuit suivante. Et la suivante. Robert essayait de la caresser, mais son corps ne vibrait plus sous ses doigts. Elle ne pouvait même plus répondre à ses baisers. C'était comme si elle était morte. Au bout de quelque temps, elle se mit à cacher son état. Elle faisait semblant d'éprouver du plaisir. Mais lorsque Robert ne l'observait pas, elle ressemblait à Edna le jour du mariage.

Elle gardait son secret. Robert s'y trompait, jusqu'au jour où ils prirent une chambre dans un hôtel bon marché, parce que tous les autres étaient complets. Les cloisons étaient minces, et les portes fermaient mal. Ils se mirent au lit. Au moment où ils éteignirent la lumière, ils entendirent les ressorts du lit dans la chambre voisine, grincer d'un rythme régulier, sous le poids des deux corps qui s'unissaient avec violence. Puis, la femme se mit à gémir. Dorothy s'assit sur le lit et sanglota à la pensée de tout ce qui était perdu.

Confusément, elle avait l'impression que ce qui leur arrivait était un châtiment. Pour avoir pris Robert à Edna. Elle espérait au moins pouvoir retrouver un plaisir physique auprès d'autres hommes et ainsi se libérer, pour revenir ensuite à Robert. Lorsqu'ils rentrèrent à New York, elle se mit en quête d'aventures. Dans sa tête résonnaient toujours les cris et les gémissements du couple de la chambre d'hôtel. Tant qu'elle n'aurait pas retrouvé ces plaisirs, elle ne pourrait pas vivre. Elle ne pouvait pas s'en priver, elle ne pouvait pas tuer la vie qui était en elle. C'était un châtiment beaucoup trop cruel pour une situation, dont elle n'était pas tout à fait la seule responsable.

Elle essaya de revoir Donald. Mais Donald avait changé. Il s'était endurci. Lui qui avait été un jeune homme émotif et impulsif était devenu quelqu'un d'objectif, de raisonnable, qui ne recherchait que son propre plaisir.

« Tu sais très bien, disait-il à Dorothy, qui est responsable de notre situation. J'aurais parfaitement compris que tu découvres que tu ne m'aimais plus, que tu me quittes pour aller vers Robert. Je savais qu'il te plaisait, je ne savais pas à quel point. Mais je n'ai pas pu te pardonner de nous avoir gardés tous les deux comme amants, à Paris. Il a dû m'arriver souvent de te prendre quelques minutes après lui. Tu me demandais d'être violent. Je ne savais pas que tu me demandais de surpasser Robert, pour l'effacer de toi. Je croyais seulement que tu étais folle de désir. Et je t'obéissais. Tu sais comment je t'ai fait l'amour : j'ai fait craquer tes os, j'ai fait ployer ton corps, je l'ai tordu. Une fois je t'ai même fait saigner. Puis, de chez moi, tu prenais un taxi pour aller le rejoindre. Et tu me disais qu'après l'amour, tu ne te lavais pas parce que tu aimais que l'odeur imprègne tes vêtements, et qu'elle te poursuive jusqu'au lendemain. J'ai failli devenir fou lorsque j'ai découvert la vérité; je voulais te tuer.

— J'ai été suffisamment punie », répondit Dorothy avec violence.

Donald leva les yeux vers elle :

« Que veux-tu dire ?

— Depuis que j'ai épousé Robert, je suis frigide. »

Les sourcils de Donald se soulevèrent. Avec une expression pleine d'ironie, il s'adressa à Dorothy :

« Et pourquoi me racontes-tu ça ? T'attends-tu à ce que je te fasse saigner à nouveau ? Pour que tu puisses retourner voir Robert, trempée de désir, et enfin jouir avec lui ? Dieu sait si je t'aime encore ! Mais ma vie a changé. Je refuse les histoires d'amour.

— Et comment vis-tu ?

— J'ai mes petits plaisirs. J'invite certains amis de choix; je leur offre à boire; ils s'assoient ici — là où tu es assise. Puis je vais dans la cuisine préparer des cocktails et je les laisse un moment seuls. Ils connaissent mes goûts, mes préférences.

« Lorsque je reviens... eh bien, la fille peut être assise dans ton fauteuil, la jupe relevée, tandis que l'homme, à genoux devant elle, la contemple ou l'embrasse, ou bien c'est lui qui est assis dans le fauteuil et elle...

« Ce que j'aime, c'est la surprise, et le spectacle. Ils ne font pas attention à moi. En un sens, c'est un peu comme si j'avais pu vous observer, toi et Robert, dans vos scènes amoureuses. Peut-être est-ce une forme de souvenir. Maintenant, si tu veux, tu peux attendre. Un ami doit venir. Il est exceptionnellement séduisant. »

Dorothy voulut partir. Soudain, elle aperçut une chose qui l'arrêta. La porte de la salle de bain de Donald était ouverte. Elle était recouverte d'un miroir. Elle se tourna vers Donald et dit :

« Ecoute, je vais rester, mais puis-je exprimer un souhait à mon tour ? quelque chose qui n'altèrera en rien ton plaisir.

— Qu'est-ce que c'est ?

— Au lieu d'aller dans la cuisine en nous laissant ici, voudrais-tu aller plutôt dans la salle de bain un instant et regarder dans la glace ? »

Donald accepta. Son ami, John, arriva. C'était un homme magnifique, mais son visage avait quelque chose d'étrangement décadent, un relâchement autour des yeux et de la bouche, quelque chose qui frôlait la perversité et qui fascinait Dorothy. On aurait dit qu'aucun des jeux traditionnels de l'amour ne pût le satisfaire. Son visage reflétait une instabilité très particulière, une curiosité perpétuelle — il avait quelque chose d'animal. Ses lèvres cachaient ses dents. Il parut saisi à la vue de Dorothy.

« J'aime les femmes de classe », dit-il immédiatement en jetant à Donald un regard de reconnaissance pour le cadeau, pour la surprise.

Dorothy était couverte de fourrures, des pieds à la tête — toque, manchons, gants, et même sur ses chaussures. Son parfum avait déjà embaumé la pièce.

John était debout devant elle, souriant. Ses gestes se faisaient plus enjoués. Soudain, il se pencha vers elle, un peu comme un metteur en scène de théâtre et lui dit : « Je voudrais vous demander quelque chose. Vous êtes si belle. Je n'aime pas les vêtements, qui dissimulent le corps d'une femme. Cependant, je n'aime pas les enlever moi-même. Feriez-vous quelque chose pour moi, quelque chose d'exceptionnel, de merveilleux ? Allez vous déshabiller dans l'autre chambre et ne revenez qu'avec vos fourrures. Acceptez-vous ? Je vais vous dire pourquoi je vous demande cette faveur. Seules les femmes racées sont belles en fourrures, et vous êtes une femme racée. »

Dorothy alla dans la salle de bain, se déshabilla et revint, vêtue seulement de ses fourrures, de ses bas et de ses chaussures garnies de fourrure.

Les yeux de John étincelaient de plaisir. Il restait là, assis, à la contempler. Son excitation était si grande et si contagieuse que Dorothy commença à sentir l'extrémité de ses seins devenir sensible. Elle avait envie de les montrer, elle avait envie d'ouvrir la fourrure et d'observer le plaisir de John. D'habitude, cette chaleur et cette excitation dans les seins s'accompagnaient de la même chaleur et de la même excitation dans son sexe. Mais aujourd'hui, elle ne sentait que ses seins : elle se sentit obligée de les montrer, de les soulever de ses mains, de les offrir. John se pencha sur elle et posa sa bouche sur sa poitrine.

Donald avait quitté la pièce. Il attendait dans la salle de bain et observait la scène dans le miroir de la porte. Il vit Dorothy debout à côté de John, se tenant les seins. La fourrure s'était ouverte et dévoilait son corps resplendissant, embelli par la fourrure elle-même, tel un animal de grand prix. Donald était excité. John ne touchait pas le corps de Dorothy; il suçait le bout de ses seins, s'arrêtant de temps à autre pour sentir la fourrure sur ses lèvres, comme s'il embrassait un magnifique animal. L'odeur de son sexe — une odeur de mer et de coquillage, comme si la femme était sortie des eaux, telle Vénus — se mêlait à l'odeur de la fourrure, et les baisers de John redoublaient de violence. En voyant Dorothy dans la glace, en voyant la toison de son sexe se confondre avec la fourrure, Donald eut l'impression que, si John s'approchait de ce sexe, il le frapperait. Il sortit de la salle de bain, la verge dressée, et marcha jusqu'à Dorothy. Cette scène ressemblait tellement à celle où Robert l'avait prise pour la première fois qu'elle gémit de plaisir, se détacha de John et se tourna vers Donald en disant : « Prends-moi, prends-moi. »

Les yeux fermés, elle imaginait Robert allongé sur elle, tel un tigre, déchirant la fourrure, pour la caresser de ses mains qui devenaient multiples, de ses bouches, de ses langues, éveillant chaque parcelle de son corps, écartant ses jambes, l'embrassant, la léchant, la mordant. Elle excita les deux hommes jusqu'au délire. On n'entendait que le bruit de leurs halètements, de leurs baisers, qui se mêlaient à celui de la verge de l'homme dans la chaleur humide du vagin.

Les laissant tous les deux assouvis, elle s'habilla et sortit si vite qu'ils s'en aperçurent à peine. Donald se mit à jurer : « Elle ne pouvait pas attendre. Elle ne pouvait pas attendre ! il fallait qu'elle aille le retrouver, comme autrefois ! Encore toute trempée de l'amour des autres ! »

Effectivement, Dorothy ne se lava pas. Lorsque Robert arriva, un peu après elle, elle était encore imprégnée de l'odeur de l'amour, ouverte et frémissante. Ses yeux, ses gestes, sa pose sur le sofa n'étaient qu'incitation à l'amour. Robert connaissait bien ses humeurs. Il ne tarda pas à lui répondre. Il était si heureux de la retrouver comme autrefois. Enfin, elle serait trempée de désir et répondrait à son excitation. Il plongea en elle.

Robert n'était jamais sûr du moment où elle jouissait. Le sexe de l'homme est rarement sensible au spasme de la femme, à son imperceptible palpitation intérieure. Le pénis ne ressent que sa propre éjaculation. Cette fois-là Robert désirait ressentir la montée de l'orgasme de Dorothy, cette étreinte minuscule. Il retenait sa jouissance. Elle se tordait de plaisir. Le moment semblait tout proche. Lui-même oubliait ses propres ondes de plaisir. Et Dorothy ravala sa propre déception : elle était incapable d'atteindre cet orgasme, qui l'avait pourtant secouée une heure avant, tandis qu'elle fermait les yeux en imaginant que c'était Robert qui lui faisait l'amour.

LINA

LINA est une menteuse qui n'accepte pas sa véritable image. Son visage reflète la sensualité — yeux
brillants, bouche avide, regard provocant. Mais au
lieu de s'abandonner à sa nature sensuelle, elle en
a honte. Elle la jugule. Et tout son désir, tout son
érotisme se trouvent refoulés tout au fond d'elle-
même et se transforment en sentiments d'envie et
de jalousie. Lina déteste toute manifestation de
sensualité. Elle est jalouse de tout, des amours de
tout le monde. Elle est jalouse des couples qui
s'embrassent dans les rues de Paris, dans les
cafés, dans les parcs. Elle leur jette d'étranges
regards de colère. Elle souhaiterait que personne
ne fasse l'amour, parce qu'elle-même en est incapable.

Elle s'est achetée une chemise de nuit en dentelle noire comme la mienne. Elle est venue passer quelques jours chez moi. Elle a prétendu avoir

acheté sa chemise de nuit en l'honneur d'un amant, mais j'ai remarqué que l'étiquette du prix n'avait même pas été enlevée. Elle était merveilleuse à regarder, car elle avait des formes pleines et sa poitrine se laissait deviner à l'échancrure de son chemisier blanc. Ses lèvres sensuelles étaient entrouvertes et ses cheveux bouclés formaient une auréole autour de son visage, comme ceux d'une sauvageonne. Chacun de ses gestes était brusque et désordonné. On aurait dit qu'une lionne avait fait irruption dans la pièce.

Elle commença par me dire qu'elle détestait mes amants, Hans et Michel. « Pourquoi ? lui demandai-je. Pourquoi ? » Ses raisons restaient vagues, inexactes. J'en étais triste. Il faudrait donc que je les rencontre en cachette. Mais comment distraire Lina pendant son séjour à Paris ? Que voulait-elle ?

« Simplement être avec toi. »

Nous en étions réduites à rester seules. Nous faisions les vitrines, nous arrêtant parfois à la terrasse des cafés, nous flânions dans les rues.

J'aimais la regarder s'habiller pour le soir, se parant de bijoux primitifs; son visage était plein d'ardeur. Elle n'était pas faite pour les salons parisiens, pour les cafés. Elle était faite pour la jungle africaine, pour les orgies, pour les danses primitives. Mais rien, en elle, n'était libéré, aucune onde naturelle de plaisir ou de désir. Et si sa bouche, son corps, sa voix trahissaient sa sensualité, tout son flux intérieur restait inhibé. Elle semblait empalée sur le pieu rigide du puritanisme. Son corps pourtant demeurait provocant. Elle donnait l'impression de sortir d'un lit après l'amour ou de se préparer à y aller. Elle avait des cernes sous les yeux, et son corps dégageait une belle énergie, une belle impatience de vivre.

Elle fit tout pour me séduire. Elle aimait que l'on s'embrasse sur la bouche. Elle gardait un moment sa bouche sur la mienne, s'excitait, puis se retirait. Nous prenions ensemble notre petit déjeuner. Elle était allongée sur le lit et relevait ses jambes de façon que, assise au pied du lit, je puisse voir son sexe. Chaque fois qu'elle s'habillait, elle laissait tomber sa chemise, et, prétendant qu'elle ne m'avait pas entendue entrer, elle en profitait pour rester nue un moment avant de se couvrir.

Chaque fois que Hans venait passer une nuit avec moi, c'était une scène. Elle devait alors dormir dans une petite chambre au-dessus de la mienne. Le lendemain matin, elle se réveillait toujours malade de jalousie. Elle m'obligeait à de longs baisers sur la bouche, jusqu'à nous exciter complètement; elle aimait cette excitation sans paroxysme.

Un jour où nous étions sorties toutes les deux j'ai admiré la chanteuse d'un petit café. Lina était un peu ivre et se mit à m'attaquer furieusement. « Si j'étais un homme, je te tuerais », me dit-elle.

Je me mis en colère. Alors elle fondit en larmes en criant : « Ne m'abandonne pas. Si tu m'abandonnes, je suis perdue. »

Puis elle entra en guerre contre les lesbiennes — prétendant que c'était révoltant, qu'elle ne se permettrait jamais plus qu'un baiser. Toutes ces scènes m'épuisaient.

Lorsque Hans fit sa connaissance, il me dit : « Le drame de Lina, c'est qu'elle est un homme. »

Je me suis dit alors qu'il fallait que je perce le mystère, que je brise sa résistance d'une manière ou d'une autre. Je n'avais jamais été très douée pour séduire ceux qui résistent. J'aimais qu'on s'abandonne, qu'on désire être séduit.

La nuit, lorsque j'étais avec Hans, nous avions toujours peur de faire le moindre bruit, de crainte qu'elle entende. Je ne voulais pas lui faire de peine, mais j'avais horreur de ses scènes de frustration et de jalousie.

« Mais que veux-tu, Lina, que veux-tu ?

— Je ne veux pas que tu aies des amants. Je déteste te voir avec des hommes.

— Mais pourquoi détestes-tu autant les hommes ?

— Ils possèdent une chose que je n'ai pas. J'aimerais avoir un pénis pour pouvoir te faire l'amour.

— Mais il y a d'autres façons de faire l'amour avec une femme.

— Mais je ne le veux pas. Je le refuse. »

Puis, un jour, je lui dis : « Pourquoi ne viendrais-tu pas avec moi voir Michel ? J'aimerais que tu connaisses son repaire d'explorateur. »

Michel m'avait dit : « Amène-la, je vais l'hypnotiser. Tu verras. »

Elle accepta. Nous montâmes à son appartement. Il avait fait brûler de l'encens, mais une qualité d'encens que je ne connaissais pas.

Lina était nerveuse : l'atmosphère érotique de cet endroit la troublait. Elle s'assit sur un sofa recouvert de fourrure. Elle avait l'air d'un magnifique félin, digne d'être capturé. Je devinai que Michel avait envie de la dominer. L'encens nous rendait quelque peu somnolents. Lina voulut ouvrir la fenêtre. Mais Michel s'interposa et vint s'asseoir entre nous deux, puis se mit à parler à Lina.

Sa voix était douce, enveloppante. Il lui racontait ses voyages. Je remarquai que Lina l'écoutait, qu'elle avait cessé de s'agiter et de fumer nerveusement : elle était étendue sur le dos et rêvait en écoutant ses interminables histoires. Ses paupières étaient à demi fermées. Puis elle s'endormit tout à fait.

« Qu'as-tu fait, Michel ? » Je me sentais moi-même un peu ivre.

Il sourit. « J'ai fait brûler de l'encens japonais, qui a le pouvoir d'endormir. C'est un aphrodisiaque. Absolument inoffensif. » Il gardait un sourire espiègle. J'éclatai de rire.

Lina ne dormait pas profondément. Elle avait croisé ses jambes. Michel, penché sur elle, essaya d'écarter doucement ses genoux, mais ils résistaient. Alors il fit glisser son genou entre les cuisses de Lina et réussit à les séparer. J'étais excitée à la vue de Lina, maintenant si offerte, si abandonnée. Je commençai à la caresser, puis à la déshabiller. Elle se rendait bien compte de ce que je faisais, mais elle en tirait du plaisir. Elle gardait sa bouche sur la mienne, les yeux fermés, et laissait Michel et moi la dévêtir complètement.

Sa poitrine opulente recouvrait le visage de Michel. Celui-ci mordillait le bout de ses seins. Puis elle le laissa l'embrasser entre les cuisses, et lentement glisser sa verge en elle, tandis que je lui caressais les seins, et les embrassais. Elle avait une croupe magnifique, des fesses rondes et fermes. Michel continuait de lui écarter les cuisses tout en la pénétrant, s'enfonçant dans sa chair jusqu'à ce qu'elle commence à gémir. Maintenant elle ne désirait que son sexe en elle. Michel lui fit l'amour, et, lorsqu'il fut encore plus excité, il voulut me prendre. Lina s'assit et nous regarda un moment avec émerveillement, puis elle saisit doucement le sexe de Michel, et refusa qu'il me pénétrât de nouveau. Elle se jeta sur moi comme une furie, me couvrant de caresses et de baisers. Michel la prit une nouvelle fois par-derrière.

Lorsque nous nous sommes retrouvées dans les rues, Lina et moi, nous tenant par la taille, elle prétendit ne se souvenir de rien. Je la laissai. Le lendemain elle quittait Paris.

SIROCCO

Chaque fois que j'allais sur la plage de Deya, je remarquais deux jeunes femmes, l'une de petite taille, à l'allure de garçon, avec un visage rond et drôle; l'autre, au physique de Viking, avec un corps et une tête de reine.

Durant le jour, elles ne fréquentaient personne. A Deya, les étrangers avaient l'habitude de s'adresser la parole, car il n'y avait qu'une seule épicerie, et un petit bureau de poste où tout le monde se rencontrait. Mais ces deux jeunes femmes ne parlaient jamais à personne. La plus grande était très belle, avec des sourcils épais, des cheveux noirs et abondants, et des yeux bleu pâle très maquillés. Je la regardais toujours avec admiration.

Leur mystère me troublait. Elles n'étaient jamais joyeuses. Elles semblaient vivre dans un état d'hypnose. Elles nageaient tranquillement, s'allongeaient sur le sable, lisaient.

Un jour, le sirocco se leva, venant du sud de l'Afrique. C'est un vent qui souffle toujours durant plusieurs jours. Non seulement il est chaud et sec, mais en plus il se déplace en tourbillons imprévisibles, qui vous encerclent, vous cinglent, font claquer les portes, brisent les contrevents et vous envoient une poussière fine dans les yeux, dans la gorge, desséchant tout sur son passage et irritant les nerfs. On ne peut plus dormir, plus marcher, plus se reposer, plus lire. L'esprit devient un tourbillon, comme le vent lui-même.

Le vent est chargé de tous les parfums d'Afrique, d'odeurs fortes, sauvages et sensuelles, qui agissent sur les nerfs et les agitent, comme une fièvre.

Un après-midi, je fus surprise par le vent, alors qu'il me restait encore une demi-heure de marche pour arriver chez moi. Les deux femmes marchaient juste devant moi, tenant leurs jupes, que le vent essayait de soulever au-dessus de leurs têtes. Lorsque je suis passée devant chez elles, elles m'ont vue en train de lutter contre la poussière et la réverbération du soleil brûlant et m'ont appelée : « Venez, entrez en attendant que ça se calme. »

Nous sommes entrées ensemble. Elles vivaient dans une tour mauresque, qu'elles avaient achetée pour presque rien. Les vieilles portes fermaient mal et le vent ne cessait de les ouvrir. Je me suis assise avec elles dans une immense pièce circulaire en pierres de taille, aux meubles rustiques.

La plus jeune nous laissa pour aller faire du thé. J'étais assise à côté de la princesse viking, dont le visage était rougi par le sirocco. Elle me dit : « Ce vent va finir par me rendre folle s'il ne s'arrête pas. » Elle se leva plusieurs fois pour fermer la porte. On avait chaque fois l'impression qu'un intrus cherchait à entrer dans la pièce et qu'il était chaque fois repoussé, pour ne réussir chaque fois qu'à ouvrir de nouveau la porte. La jeune femme avait dû avoir la même impression, parce qu'elle repoussait l'attaque avec colère et avec une anxiété grandissante.

Ce que le vent essayait d'introduire dans la pièce, la princesse viking savait très bien qu'elle ne réussirait pas à le maîtriser à l'extérieur, car elle se mit à parler.

Elle parlait comme si elle se trouvait dans un confessionnal, un sombre confessionnal d'église catholique, les yeux baissés pour ne pas voir le visage du prêtre, cherchant à dire la vérité et à ne rien oublier.

« Je croyais que j'allais trouver la paix ici, mais, depuis que le vent s'est levé, c'est comme s'il avait réveillé en moi tout ce que je désirais oublier.

« Je suis née dans une ville des plus ennuyeuses de l'Ouest américain. Je passais mes journées à lire des livres sur les pays étrangers, et j'étais décidée à quitter mon pays à tout prix. J'étais amoureuse de mon mari avant même de l'avoir rencontré, car je savais qu'il vivait en Chine. Lorsqu'il tomba amoureux de moi, je m'y attendais, comme si tout avait été prévu. C'était la Chine que j'épousais. J'avais du mal à le considérer comme un homme ordinaire. Il était grand, mince, âgé de trente-cinq ans, mais paraissait plus vieux. Sa vie en Chine avait été très dure. Il restait vague sur ses occupations — il avait fait différents métiers pour gagner de l'argent. Il portait des lunettes et ressemblait à un étudiant. D'une certaine manière, j'étais amoureuse du mythe de la Chine, si bien que j'avais l'impression que mon mari n'était pas un Blanc, mais un Oriental. Je trouvais qu'il n'avait pas la même odeur que les autres hommes.

« Très vite, nous sommes partis pour la Chine. En arrivant là-bas, j'ai trouvé une ravissante villa, pleine de servantes. La beauté exceptionnelle de ces femmes me semblait tout à fait naturelle. C'est ainsi que je les avais imaginées. Elles me servaient comme des esclaves, avec adoration, pensais-je. Elles me brossaient les cheveux, m'apprenaient à faire des bouquets de fleurs, à chanter, à écrire et à parler leur langue.

« Nous dormions dans des chambres séparées, mais les cloisons semblaient de carton. Les lits étaient durs, bas, avec un matelas très mince, si bien qu'au début je n'arrivais pas à dormir.

« Mon mari restait un petit moment avec moi, puis me laissait. Bientôt je me mis à entendre des bruits venant de l'autre pièce, comme ceux d'un corps à corps. J'entendais le froissement des nattes, et parfois un murmure étouffé. Au début, je ne me rendis pas compte de ce que c'était. Je me levai sans bruit et ouvris la porte. Et là je vis mon mari allongé au milieu de deux ou trois de nos servantes, les caressant. Dans la semi-obscurité, leurs corps semblaient totalement mêlés. Lorsque j'entrai dans la pièce, il les chassa. Je me mis à pleurer.

« Mon mari me dit alors : « Je vis depuis si « longtemps en Chine; je me suis habitué à elles. « Je t'ai épousée, parce que je suis tombé amou- « reux de toi, mais je ne peux pas jouir avec toi « comme avec les autres femmes... et je ne sau- « rais pas te dire pourquoi. »

« Mais je l'implorai de me dire la vérité; je l'ai prié, supplié. Il finit par m'avouer : « Elles ont un « sexe si étroit, tu es beaucoup plus large...

« — Que vas-tu faire maintenant ? lui deman- « dai-je. Vas-tu me renvoyer chez moi ? Je ne peux « pas vivre ici avec toi faisant l'amour tous les « soirs à d'autres femmes dans la chambre à « côté. »

« Il a essayé de me réconforter, de me consoler. Il m'a même caressée, mais je me suis détournée et me suis endormie en pleurs.

« Le lendemain soir, alors que j'étais au lit, il est venu me voir et m'a dit en souriant : « Si tu dis « que tu m'aimes et que tu ne désires pas vrai- « ment me quitter, alors me permettrais-tu de « tenter une expérience qui nous aidera peut-être « tous les deux à profiter l'un de l'autre. »

« J'étais si désespérée et si malade de jalousie que j'ai promis que je ferais tout ce qu'il me demanderait.

« Alors, il s'est déshabillé et j'ai remarqué que son sexe était recouvert d'une espèce de doigt en caoutchouc, hérissé de petits épis de caoutchouc. Ainsi couverte, sa verge paraissait énorme. Elle m'effraya. Mais je l'ai laissé me prendre. Au début, cela m'a fait mal, malgré la souplesse du caoutchouc dont étaient faits les épis, mais comme j'ai vu qu'il y prenait du plaisir, je l'ai laissé faire. Ma seule préoccupation était de savoir si ce plaisir le rendrait fidèle. Il me jura que oui, que jamais plus il ne toucherait une Chinoise. Mais chaque nuit, je restais éveillée pour écouter les bruits de sa chambre.

« Une ou deux fois, je suis sûre de les avoir entendus, mais je n'ai pas eu le courage de m'en assurer. J'étais obsédée par l'idée que mon sexe devenait de plus en plus large et que je lui donnais de moins en moins de plaisir. Je finis par atteindre un tel état d'angoisse que je tombai malade, et commençai à perdre ma beauté. J'ai alors décidé de m'enfuir. Je suis allée à Shanghai où j'ai pris une chambre d'hôtel. J'ai télégraphié à mes parents pour qu'ils m'envoient de l'argent pour payer mon retour.

« A l'hôtel, j'ai rencontré un écrivain américain, un homme grand, fort, extrêmement dynamique, qui me traitait en homme, en camarade. Nous sommes sortis tous les deux. Il me donnait une forte tape dans le dos chaque fois qu'il se sentait joyeux. Nous avons beaucoup bu, et exploré Shanghai.

« Un jour qu'il était ivre dans ma chambre, nous nous sommes mis à nous battre comme deux hommes. Il ne m'épargnait aucun coup bas. Nous étions allongés par terre, nous contorsionnant dans toutes sortes de poses. Il m'avait plaquée au sol, avec mes jambes accrochées à son cou, puis sur le lit, avec la tête qui touchait presque par terre. J'ai cru que mon dos allait se briser. J'aimais sa force et son poids sur moi. Je pouvais sentir son odeur lorsqu'il se pressait contre moi. Nous étions hors d'haleine. Je me cognai la tête contre le pied d'une chaise. La bagarre avait duré longtemps.

« Avec mon mari, j'avais toujours eu honte de ma taille et de ma force. Cet homme, au contraire, s'en servait et s'en amusait. Je me sentais libre. Il me dit : « Tu ressembles à une tigresse. J'aime « ça. »

« Après la bataille, nous étions tous deux épuisés. Nous nous sommes affalés sur le lit. Mon pantalon était déchiré, ma ceinture cassée. Mon chemisier pendait par-dessus mon pantalon. Nous éclatâmes de rire. Il but un autre verre. J'étais allongée sur le dos, haletante. Soudain, il enfouit sa tête sous mon chemisier et se mit à m'embrasser sur le ventre tout en baissant mon pantalon.

« Le téléphone sonna; je ne fis qu'un bond. Qui cela pouvait-il être? Je ne connaissais personne à Shanghai. Je pris l'écouteur; c'était la voix de mon mari. Il avait réussi à trouver mon adresse. Et il parlait, parlait sans s'arrêter. Mon ami, pendant ce temps, avait retrouvé ses esprits après la surprise du téléphone et continuait à me caresser. J'éprouvais un tel plaisir à parler à mon mari, à l'écouter me supplier de rentrer à la maison... pendant que mon compagnon éméché prenait avec moi toutes les libertés : il avait réussi à enlever mon pantalon, et me mordait entre les jambes, profitant de ma position allongée, m'embrassant, jouant avec mes seins. Mon plaisir était si intense que je faisais durer la conversation. J'ai abordé tous les sujets avec mon mari. Et il m'a même promis de renvoyer toutes les servantes; il voulait venir me rejoindre à l'hôtel.

« Je me rappelais trop tout ce qu'il m'avait fait — dans la chambre à côté — son insensibilité dans la tromperie. J'éprouvais une jouissance diabolique. Et je lui dis : « N'essaie pas de venir me voir. « Je vis avec quelqu'un d'autre. Pour tout te dire, « il est ici en ce moment, en train de me caresser « pendant que je te parle. »

« J'ai entendu mon mari proférer contre moi les pires injures possible. J'étais heureuse. Je rac-crochai le combiné et disparus sous le corps puissant de mon nouvel ami.

« Je suis partie en voyage avec lui... »

Le sirocco avait de nouveau ouvert la porte, et la jeune femme est allée la fermer. Le vent se calmait maintenant : c'était là les derniers effets de sa violence. La femme se rassit. Je pensais qu'elle allait continuer son histoire. J'étais curieuse d'en savoir plus sur sa jeune compagne. Mais elle resta muette. Au bout d'un moment, je partis. Le lendemain, lorsque je l'ai rencontrée au bureau de poste, elle n'a même pas semblé me reconnaître.

LA MAYA

Le peintre Novalis venait d'épouser Maria, une Espagnole dont il était tombé amoureux, parce qu'elle ressemblait à *La Maya dénudée* de Goya, son tableau préféré.

Ils partirent vivre à Rome. Maria battit des mains comme une enfant, lorsqu'elle vit la chambre nuptiale, garnie de somptueux meubles vénitiens, merveilleusement incrustés de perles et d'ébène.

La première nuit, allongée sur ce lit monumental destiné à la femme d'un doge, Maria tremblait de bonheur, étirant tous ses membres avant de les cacher sous les draps d'une rare finesse. Les petits doigts roses de ses pieds potelés s'agitaient comme pour appeler Novalis.

Mais pas une fois elle ne s'était montrée entièrement nue devant son mari. D'abord elle était espagnole, puis catholique, et puis profondément bourgeoise. Avant de faire l'amour, il fallait éteindre la lumière.

Debout à côté du lit, Novalis la regardait en fronçant les sourcils, en proie à un désir qu'il hésitait à lui avouer : il voulait la voir nue, l'admirer. Il ne la connaissait pas bien malgré ces nuits à l'hôtel où ils avaient entendu d'étranges voix à travers les minces cloisons des chambres. Ce qu'il demandait n'était pas un caprice d'amant, mais un désir de peintre, d'artiste. Ses yeux avaient soif de sa beauté.

Maria résistait, rougissante, légèrement en colère : on avait offensé ses préjugés les plus profonds.

« Sois raisonnable, Novalis chéri, dit-elle, viens te coucher. »

Mais il insista. Il fallait qu'elle se débarrasse de ses scrupules bourgeois, lui dit-il. L'art se moquait bien d'une telle pudeur, la beauté était faite pour être montrée dans toute sa majesté, et non pour être cachée, méprisée.

De peur de la blesser, il se contenta de soulever doucement ses deux bras minces, qu'elle avait croisés sur sa poitrine.

Elle se mit à rire : « Ne sois pas stupide. Tu me chatouilles. Tu me fais mal. »

Mais, peu à peu, sa fierté de femme flattée par tant de vénération, elle finit par céder et se laissa traiter comme une enfant, laissant échapper quelques timides reproches, comme si on lui faisait subir une torture délicieuse.

Son corps, libéré de ses voiles, avait un éclat et une blancheur de perle. Maria fermait les yeux, comme pour échapper à la honte de sa nudité. Sur le drap délicat, ses formes pleines de grâce envoûtaient le regard de l'artiste.

« Tu es la fascinante petite Maya de Goya », dit-il.

Pendant les semaines qui suivirent, elle refusa de poser pour lui et lui interdit d'engager des modèles. Elle faisait irruption à l'improviste dans son atelier et restait un moment avec lui à bavarder. Un après-midi, elle surprit dans l'atelier, sur l'estrade de pose, une femme nue étendue sur de la fourrure, offrant aux regards les courbes de son dos d'ivoire.

Maria fit une scène à son mari. Novalis la supplia de poser pour lui; elle céda. Epuisée par la chaleur, elle s'endormit. Il travailla pendant trois heures sans s'arrêter.

Avec une fierté avouée, elle s'admirait sur la toile, tout comme elle s'était admirée dans le miroir de la chambre. Eblouie par la beauté de son propre corps, elle perdit un instant ses préjugés. De plus, Novalis avait changé son visage afin que personne ne la reconnût.

Mais Maria retomba vite dans ses façons de voir et se refusa à poser. Elle faisait une scène chaque fois que Novalis engageait un modèle, épiant sans cesse derrière les portes.

Son angoisse perpétuelle et ses craintes maladives finirent par lui faire perdre le sommeil. Le médecin lui ordonna des comprimés, qui la plongeaient dans un profond sommeil.

Novalis remarqua que lorsqu'elle prenait ses somnifères, elle ne l'entendait pas se lever ni marcher, ni même renverser des objets dans la chambre. Un jour, il se réveilla de bonne heure avec l'intention de travailler; il la contempla dans son sommeil, un sommeil si lourd qu'elle bougeait à peine. Une étrange idée lui traversa l'esprit.

Il retira le drap qui la recouvrait et se mit à relever tout doucement sa chemise de nuit. Il réussit à la remonter au-dessus de sa poitrine sans qu'elle manifestât le moindre signe d'éveil. Enfin, son corps tout entier s'offrait à son regard, et il pouvait le contempler aussi longtemps qu'il le désirait. Les bras de Maria étaient ouverts et ses seins semblaient être une offrande. Novalis fut soulevé par un violent désir, mais il n'osa pas la toucher. Il alla chercher du papier et des crayons, s'assit à ses côtés et commença une esquisse. Tout en travaillant, il avait l'impression de caresser les lignes parfaites de son corps.

Il put continuer pendant deux heures. Lorsqu'il remarqua que l'effet des somnifères commençait à se dissiper, il fit glisser sa chemise de nuit, la recouvrit avec le drap, et quitta la pièce.

Maria s'étonna de constater chez son mari un regain d'enthousiasme pour son travail. Il s'enfermait dans son atelier des journées entières pour peindre à partir des esquisses qu'il avait faites le matin.

Ainsi, il acheva plusieurs tableaux de Maria, toujours allongée, toujours endormie, comme le premier jour où elle avait accepté de poser pour lui. Maria s'étonnait de cette obsession. Elle croyait que chaque tableau n'était que la répétition du premier. Il continuait à modifier son visage. Et comme, pendant cette période, elle arborait toujours une expression plutôt sévère et rébarbative, personne n'aurait pu imaginer que ce corps voluptueux était celui de Maria.

Novalis ne désirait plus du tout sa femme lorsqu'elle était éveillée, avec son regard austère et son allure puritaine. Il la désirait lorsqu'elle était endormie, abandonnée, douce et généreuse.

Il ne cessait pas de la peindre. Lorsqu'il était seul dans son atelier à travailler sur un nouveau tableau, il s'allongeait sur le divan, face au tableau, et sentait monter en lui des ondes de chaleur, tandis que ses yeux s'arrêtaient sur la poitrine de la Maya, sur la courbe de son ventre, sur sa toison entre les cuisses. Il sentait sa verge se durcir, étonné de l'effet si violent que produisait sur lui la peinture.

Tout en la regardant, il imagina que la Maya le caressait de ses mains magnifiques et il déboutonna sa braguette et se mit à se branler tout doucement... Après avoir joui, il demeura un moment étendu, épuisé, près du tableau.

Le lendemain matin, il était là, debout, contemplant Maria endormie. Il avait réussi à écarter légèrement ses jambes, et pouvait apercevoir la ligne de son sexe. Devant le spectacle d'un tel abandon, de ce sexe si offert, il saisit sa verge, imaginant que c'étaient les doigts de Maria qui le touchaient. Combien de fois avait-il porté la main de Maria jusqu'à son pénis, dans l'espoir d'une caresse, mais chaque fois, elle l'avait repoussé. Voilà que maintenant il tenait lui-même sa verge à pleines mains.

Maria se rendit compte assez vite qu'elle avait perdu l'amour de Novalis. Elle ne savait pas comment le reconquérir. Elle avait compris qu'il n'était amoureux de son corps que lorsqu'il le peignait.

C'est alors qu'il se tourna vers une expression artistique qu'il n'avait jamais abordée. Il fit une sculpture de Maria, grandeur nature et si ressemblante que c'en était saisissant. Elle était couchée, endormie, offrant au regard ses cuisses pleines et magnifiques.

Maria partit pour une semaine chez des amis à la campagne. Mais, au bout de quelques jours, elle tomba malade et dut rentrer chez elle pour voir le médecin. Lorsqu'elle arriva devant la maison, celle-ci semblait inhabitée. Elle marcha sur la pointe des pieds jusqu'à l'atelier de Novalis. Silence total. Alors, elle s'imagina qu'il était avec une autre femme. Elle s'approcha de la porte. Tout doucement et sans bruit, comme un voleur, elle l'ouvrit. Et voici ce qu'elle découvrit : couchée sur le sol, la statue qui la représentait; et dessus, se frottant contre elle, son mari, nu, les cheveux en bataille, comme jamais elle ne l'avait vu auparavant, le sexe dressé.

Il pressait lascivement son corps contre la statue, l'embrassait, la caressait entre les cuisses. Il se frottait contre elle comme il ne s'était jamais frotté contre Maria. Il était la proie d'un délire : tout autour de lui étaient exposées les autres toiles de Maria, nue, voluptueuse, éblouissante de beauté. Il leur lançait des regards passionnés tout en continuant à étreindre la statue. C'était une véritable orgie avec une femme qu'il n'avait jamais pu connaître dans la réalité. Devant ce spectacle, Maria perdit ses préjugés, et, pour la première fois, se livra complètement. Lorsqu'elle eut enlevé ses vêtements, ce fut l'image d'une nouvelle Maria qu'elle offrit à la vue de son mari, une Maria transformée par la passion, abandonnée comme sur les tableaux, offrant son corps sans la moindre honte, répondant sans hésitation à toutes ses étreintes, s'efforçant de lui faire oublier les peintures et la statue, en les dépassant.

UN MODÈLE

Ma mère avait des idées européennes sur l'éducation des jeunes filles. A seize ans, je n'étais jamais sortie seule avec des garçons, je n'avais lu que de la « bonne » littérature; mais, par goût, je n'avais pas les mêmes plaisirs que les autres filles de mon âge. J'étais quelqu'un d'assez renfermé — comme les femmes chinoises — capable de tirer parti des robes les plus démodées que m'envoyait régulièrement une riche cousine; je savais chanter et danser; j'écrivais avec élégance et je savais parler; j'avais l'art de me coiffer; mes mains étaient toujours soignées; je ne manquais jamais à la politesse et je parlais un anglais raffiné, que j'avais appris depuis mon départ de France.

Voilà donc ce qui me restait de mon éducation européenne. Cependant je me sentais très proche du tempérament oriental : de longues périodes de calme étaient suivies de brusques explosions de violence et de rébellion, souvent à l'origine de décisions subites.

C'est ainsi qu'un beau jour je décidai de travailler sans demander l'avis de personne. Je savais que ma mère se serait opposée à mon plan.

J'étais très rarement allée seule à New York; et voilà que je me trouvais à parcourir les rues pour répondre aux petites annonces. Mes qualifications n'étaient pas très pratiques. Je parlais des langues étrangères, mais ne savais pas taper à la machine. Je connaissais la danse espagnole, mais ignorais tout des danses à la mode. Partout où je me présentais, je n'inspirais guère confiance. Je paraissais plus jeune que mon âge, d'une extrême fragilité, et d'une sensibilité maladive. Je donnais l'impression de ne pouvoir supporter aucune responsabilité, mais ce n'était qu'une apparence.

Au bout d'une semaine, j'avais fini par être convaincue de mes incapacités et de mon inutilité. C'est alors que je rendis visite à une amie de la famille qui m'aimait bien. Elle avait toujours désapprouvé l'éducation trop protégée que me donnait ma mère. Etonnée et heureuse de ma nouvelle décision, elle résolut de m'aider. Je lui racontai mes aventures et mes échecs avec humour et en vins à lui dire qu'un peintre, lors d'une visite à la maison, avait trouvé que j'avais un intéressant visage exotique. Mon amie ne fit qu'un bond.

« J'ai trouvé, dit-elle, je sais ce que tu pourrais faire. C'est vrai que ton visage a quelque chose d'exceptionnel. Je connais un club des Beaux-Arts où les peintres se rendent pour trouver des modèles. Je vais te présenter. Ce club offre une sorte de protection pour les filles, qui n'ont plus à errer d'atelier en atelier. Les artistes téléphonent au club, lorsqu'ils ont besoin d'un modèle. »

Lorsque nous sommes arrivées au club, dans la 57ᵉ Rue, l'animation était grande. Tout le monde s'affairait aux préparatifs du grand spectacle annuel. Tous les modèles devaient revêtir leur costume le plus flatteur et défiler devant les peintres. On m'accepta contre une modique somme, et l'on m'adressa à deux vieilles dames, qui me conduisirent jusqu'à la chambre des costumes. L'une d'elles choisit pour moi un costume du XVIIIᵉ siècle, tandis que l'autre me relevait les cheveux en chignon. Elles m'apprirent à maquiller mes cils. Je ne me reconnus pas dans le miroir. La répétition se poursuivait en bas : il fallait que je descende un escalier et que je marche lentement tout autour de la pièce. Ce n'était pas difficile — pas plus que dans un bal masqué.

Le jour du spectacle, tout le monde était sur les nerfs. Presque tout l'avenir du modèle dépendait de ce défilé. Mes mains tremblaient en maquillant mes cils. Je devais tenir une rose à la main, ce qui me donnait l'impression d'être encore plus ridicule. Je fus accueillie par des applaudissements. Après le spectacle, les peintres nous ont parlé : ils ont pris nos noms, nous ont proposé des engagements. Mon carnet finit par être aussi rempli qu'un carnet de bal.

Le lundi suivant, à neuf heures du matin, j'étais attendue à l'atelier d'un peintre très célèbre; à une heure de l'après-midi, chez un dessinateur; à quatre heures chez un miniaturiste, et ainsi jusqu'au soir. Il y avait également des femmes peintres. Elles n'aimaient pas que les modèles se maquillent. Elles prétendaient que, sans maquillage, les modèles n'étaient plus les mêmes. C'est pour cette raison que nous n'aimions pas beaucoup poser pour des femmes peintres.

Lorsque j'annonçai à la maison ma nouvelle activité cela fit l'effet d'une bombe. Mais c'était trop tard. Je pouvais gagner vingt-cinq dollars par semaine. Ma mère versa quelques larmes, mais au fond d'elle-même elle était ravie.

Cette nuit-là nous avons parlé dans le noir. Sa chambre était contiguë à la mienne, et nous avions laissé la porte ouverte. Ma mère était inquiète : elle se demandait ce que je savais (ou ne savais pas) de la sexualité.

Tout mon savoir se résumait à peu de chose : Stephen m'avait souvent embrassée sur la plage quand nous étions allongés sur le sable. Il s'était penché sur moi, et j'avais senti quelque chose de gros et de dur se presser contre moi et, à mon grand étonnement, j'avais découvert, en rentrant à la maison, que j'étais mouillée entre les cuisses. Je n'en avais rien dit à ma mère. J'en avais conclu que je devais être une grande sensuelle et que cette humidité entre les cuisses annonçait de grands dangers pour l'avenir. En réalité, j'avais l'impression d'être une prostituée.

Ma mère me demanda :

« Sais-tu ce qui se passe, lorsqu'un homme prend une femme ?

— Non, répondis-je, mais j'aimerais savoir d'abord *comment* un homme prend une femme.

— Tu as vu le petit pénis de ton frère quand tu lui donnais son bain — eh bien, il grossit, se durcit pour pouvoir pénétrer la femme. »

Cela me semblait répugnant.

« Ça ne doit pas être facile, comment est-ce qu'il entre ?

— Si, parce que la femme est alors mouillée, et le pénis glisse facilement. »

J'avais enfin la clef du mystère.

Dans ce cas, pensai-je en moi-même, je ne pourrai jamais être violée parce qu'il faut aimer l'homme qui vous prend, pour mouiller.

Quelques mois plus tôt, j'avais été embrassée de force par un Russe dans les bois, alors qu'il me ramenait chez moi après un bal : j'avais aussitôt annoncé à la maison que j'étais enceinte.

Je me souvenais aussi d'une autre nuit, où je revenais d'un autre bal avec des amis quand nous entendîmes des cris de femmes, alors que nous roulions sur l'autoroute. John, mon cavalier, arrêta la voiture. Deux jeunes filles sortirent des buissons et coururent vers nous, échevelées, robes déchirées, yeux hagards. Nous les avions fait monter dans la voiture. Elles avaient essayé de nous raconter, d'une manière un peu décousue, paralysées par l'émotion, comment des garçons les avaient emmenées faire un tour en moto et les avaient ensuite attaquées. L'une d'elles ne cessait pas de répéter : « S'il m'a déflorée, je me tue. »

John s'était arrêté à une auberge, et j'ai accompagné les filles aux toilettes. L'une d'elles avait dit alors : « Il n'y a pas de sang. Il n'a pas dû traverser. » L'autre pleurait.

Tout en écoutant ma mère parler, je me demandais si c'était là ce qu'elle craignait pour moi, et si elle essayait de m'y préparer.

Je ne peux pas dire que je n'étais pas troublée lorsque arriva le lundi. J'avais l'impression que, si le peintre était séduisant, je courais un grand danger car s'il me plaisait je risquais de mouiller entre les cuisses.

Mon premier peintre était un homme d'environ cinquante ans, chauve, avec une petite moustache et un visage plutôt européen. Il avait un très bel atelier.

Il installa devant moi un paravent pour que je puisse me changer. Je posais, au fur et à mesure, mes vêtements sur le paravent. Au moment où je jetai mon dernier sous-vêtement, j'aperçus le visage du peintre au-dessus de moi : il souriait. Mais c'était si comique et si ridicule qu'on aurait dit une scène de théâtre : aussi, je ne dis rien, m'habillai et pris la pose qu'il me demandait.

Toutes les demi-heures, j'avais le droit de me reposer. Je pouvais fumer une cigarette. Le peintre mit un disque et me demanda : « Voulez-vous danser ? »

Nous avons dansé sur le parquet ciré, valsant parmi les portraits de très belles femmes. A la fin de la danse, il m'a embrassée dans le cou en murmurant :

« Si délicat... Posez-vous nue ?

— Non.

— Dommage. »

J'estimai que je m'étais assez bien débrouillée. Il était temps de reprendre la pose. Les trois heures passèrent très vite. Il me parlait tout en travaillant. Il me raconta qu'il avait épousé son premier modèle, et qu'elle était d'une jalousie insupportable : il lui arrivait parfois de faire irruption dans l'atelier pour se livrer à une scène de jalousie; elle ne lui permettait pas de peindre des nus. Aussi avait-il loué un autre atelier dont elle ignorait l'existence. Il y travaillait souvent. Il y donnait aussi des réceptions. Accepterais-je de m'y rendre samedi soir?

Il me donna un autre baiser dans le cou en partant. Il me dit avec un clin d'œil : « Vous ne dévoilerez pas mes secrets au club? »

Je suis retournée au club pour déjeuner; je pouvais m'y refaire une beauté et le repas y était très bon marché. Les autres modèles étaient là aussi. Nous avons commencé à bavarder entre nous. Lorsque j'ai parlé de l'invitation de samedi soir, elles ont ri d'un air entendu. Je n'ai pas réussi à leur en faire avouer la raison. L'une des filles avait relevé sa jupe et examinait un grain de beauté, qu'elle avait tout en haut de la cuisse. Elle essayait de le brûler avec un petit instrument médical. Je remarquais qu'elle ne portait pas de combinaison − seulement une robe de satin noire très moulante. Le téléphone sonnait de temps en temps pour réclamer des modèles.

Mon rendez-vous suivant était avec un illustrateur. Il avait défait le dernier bouton de sa chemise. Il ne bougea même pas lorsque j'entrai. Il se contenta de me crier : « Je veux voir très largement les épaules et le dos. Prenez ce châle. Débrouillez-vous. » Puis il me tendit un parapluie ancien et des gants blancs. Il épingla mon châle de façon à ce qu'il descende presque jusqu'à la taille. C'était pour une couverture de magazine.

Le châle tenait à peine sur mes seins. En tournant la tête comme il le désirait, le châle glissa en les dévoilant. Il m'interdit de bouger. « J'aimerais pouvoir les peindre », dit-il.

Il souriait tout en dessinant au fusain. Il se penchait souvent pour prendre mes mesures et en profitait pour toucher le bout de mes seins avec son crayon, en laissant une petite marque noire. « Gardez cette pose », dit-il, en me voyant prête à bouger. Je la gardai.

Puis il poursuivit : « Vous, les filles, on dirait quelquefois que vous êtes seules à avoir des seins ou une paire de fesses. J'en vois tellement que ça ne m'intéresse plus, je vous assure. Je fais l'amour à ma femme tout habillée. Plus elle est couverte, meilleur c'est. J'éteins la lumière. Je sais trop bien comment les femmes sont faites. J'en ai dessiné des millions. »

Le contact du crayon sur mes seins en avait durci le bout, ce qui me contrariait, car je n'avais pas éprouvé le moindre plaisir. Pourquoi mes seins étaient-ils aussi sensibles, et l'avait-il remarqué ?

Il continuait de dessiner et de colorier son œuvre. Puis il s'arrêta pour boire un whisky et m'en offrit un verre. Il trempa un doigt dans le whisky et toucha le bout de mes seins. Comme je n'étais pas en train de poser, je fis un geste de recul pour exprimer ma contrariété. Il me souriait : « N'est-ce pas agréable, dit-il, ça les réchauffe. »

Il est vrai qu'ils avaient durci et qu'ils étaient devenus plus roses.

« Quels jolis petits bouts! Vous n'avez pas besoin de rouge à lèvres pour les teinter. Ils sont roses naturellement. La plupart sont d'un brun de cuir ».

Je me recouvris.

C'était tout pour la journée. Il me demanda de revenir le lendemain à la même heure.

Le mardi, il fut plus lent à se mettre au travail. Il me parlait. Il avait posé ses pieds sur sa table de dessin. Il m'offrit une cigarette. Il me regardait épingler mon châle. Puis il me dit : « Montrez-moi vos jambes. Je vais peut-être les dessiner la prochaine fois. »

Je relevai ma jupe au-dessus du genou.

« Asseyez-vous, la jupe relevée jusqu'en haut des cuisses », me demanda-t-il.

Il fit un croquis de mes jambes. Sans dire un mot.

Puis il se leva, jeta son crayon sur la table, se pencha sur moi et m'embrassa sur la bouche, en rejetant ma tête en arrière. Je le repoussai violemment. Cela le fit sourire. Il glissa sa main sous ma jupe d'un geste rapide, sentit mes cuisses à l'endroit où s'arrêtaient les bas, et, avant que j'aie pu réagir, il était de nouveau à sa table.

Je repris la pose sans rien dire, car je venais de faire une découverte : malgré ma colère, et une absence totale d'amour, son baiser et le contact de sa main sur ma cuisse m'avaient procuré du plaisir. Je l'avais repoussé par habitude, mais, en réalité, j'avais éprouvé du plaisir.

La pose m'avait donné le temps de me remettre de mes émotions et de retrouver mes défenses. Mais mon refus premier l'avait convaincu et il n'insista plus jusqu'à la fin de la séance.

Depuis le commencement, j'avais compris que ce contre quoi j'avais à me défendre, c'était ma propre sensibilité aux caresses. J'étais également curieuse de beaucoup de choses. Mais en même temps, j'étais profondément convaincue que je ne me donnerais qu'à un homme dont je serais amoureuse.

J'étais amoureuse de Stephen. J'avais envie d'aller le voir et de lui dire : « Prends-moi, prends-moi ! » Et je me rappelai soudain un autre incident, qui s'était produit l'année précédente à La Nouvelle-Orléans, où ma tante m'avait emmenée à l'occasion des fêtes de Mardi gras. Nous étions dans une voiture, conduite par l'un de ses amis. Il y avait avec nous deux jeunes filles. Brusquement, une bande de jeunes gens, profitant de la confusion, du bruit et de l'excitation de la fête, étaient montés dans la voiture, avaient ôté nos masques et commencé à nous embrasser tandis que ma tante poussait des cris d'horreur. Puis ils avaient disparu dans la foule. J'étais tout étourdie, souhaitant secrètement que le jeune homme qui s'était emparé de moi et m'avait embrassée sur la bouche fût encore là. J'étais sous l'effet capiteux du baiser encore secouée de plaisir.

Au club, je me demandais ce qu'éprouvaient les autres modèles. Elles parlaient beaucoup de leurs défenses contre les peintres et je me demandais jusqu'à quel point elles étaient sincères. Un des plus beaux modèles — dont le visage n'était pas particulièrement joli, mais qui avait un corps magnifique — expliquait :

« Je ne sais pas ce que les autres éprouvent lorsqu'elles posent nues; moi, j'adore ça. Déjà enfant, j'aimais enlever mes vêtements. J'aimais observer la façon dont les autres me regardaient. J'avais l'habitude de me déshabiller dans les soirées, dès que les gens avaient un peu bu. J'aimais montrer mon corps. Aujourd'hui, je ne peux plus attendre pour me mettre nue. J'en éprouve une jouissance. J'ai des frissons de plaisir tout le long du dos, quand les hommes me regardent. Et lorsque je pose devant toute une classe, lorsque je sens tous ces yeux fixés sur moi, j'éprouve un tel plaisir, comme, oui, comme si l'on me faisait l'amour. Je me sens belle; je me sens comme une femme doit se sentir lorsque son amant la déshabille. Je jouis de mon propre corps. J'aime poser, en tenant ma poitrine dans mes mains. Il m'arrive de caresser mes seins. Une fois, j'ai fait du strip-tease. J'ai adoré ça. J'aimais faire tout ce que les hommes avaient du plaisir à regarder. Le satin de la robe me donnait des frissons — découvrir mes seins, me montrer, tout cela m'excitait. Lorsque les hommes me touchaient, j'éprouvais beaucoup moins de plaisir... J'étais toujours déçue. Mais je connais d'autres filles qui n'éprouvent pas la même chose que moi.

— Moi, je me sens humiliée, dit une rousse; j'ai l'impression que mon corps ne m'appartient plus, qu'il n'a plus de valeur... à être ainsi livré à tous les regards.

— Moi, je ne ressens rien du tout, dit une autre. Pour moi, c'est impersonnel. Lorsque les artistes nous peignent ou nous dessinent, ils ne nous voient plus comme des êtres humains. Un peintre m'a dit que le corps d'un modèle en train de poser devient un objet; le seul moment, où il se sent troublé sensuellement, c'est lorsque le modèle ôte son peignoir. On m'a raconté qu'à Paris les modèles se déshabillent devant toute la classe : ça doit être excitant.

— Si nous étions si impersonnelles, dit une autre, ils ne nous inviteraient pas ensuite à des soirées.

— Ou ils n'épouseraient pas leur modèle », ajoutai-je en me rappelant que les deux peintres que j'avais rencontrés avaient épousé leur modèle préféré.

Un jour, je devais poser pour un illustrateur d'histoires. En arrivant à son atelier, je trouvai déjà là deux personnes : un homme et une femme. Nous devions mimer des scènes tous ensemble, des scènes d'amour pour un roman. L'homme avait environ quarante ans, avec un visage mûr aux traits burinés. C'était lui qui devait nous placer. Pour une des scènes, je devais l'embrasser — et tenir la pose pendant que l'illustrateur nous photographiait. Je me sentais mal à l'aise. Je n'aimais pas du tout cet homme. L'autre fille jouait le rôle de la femme jalouse qui surprend la scène. Il a fallu répéter plusieurs fois. Chaque fois que l'homme m'embrassait, j'éprouvais une répulsion qu'il sentait fort bien. Il en était offensé. Ses yeux restaient moqueurs. Je jouais mal. L'illustrateur était mécontent de moi, comme s'il était en train de tourner un film : « Davantage de passion, beaucoup plus de passion dans ce baiser ! » criait-il.

J'essayai de me rappeler le baiser du Russe, qui m'avait ramenée chez moi après le bal, et cela me calma. L'homme répéta de nouveau la scène. Et j'eus l'impression qu'il me tenait plus près de lui qu'il n'était nécessaire et il n'était certainement pas utile qu'il plonge ainsi sa langue dans ma bouche. Il l'avait fait si brusquement que je n'avais pas eu le temps de bouger. L'illustrateur commença d'autres scènes.

L'autre homme dit alors : « Voici dix ans que je suis modèle. Je ne sais pas pourquoi on recherche toujours des jeunes filles. Elles n'ont ni expérience, ni expression. En Europe les jeunes filles de votre âge — au-dessous de vingt ans — n'intéressent personne. On les laisse à l'école ou à la maison. Elles ne deviennent intéressantes qu'après le mariage. »

Pendant qu'il parlait, je pensais à Stephen. Je pensais à nos longs moments sur la plage, étendus sur le sable chaud. Je savais que Stephen m'aimait. Je voulais qu'il me fasse l'amour. Je voulais très vite devenir une femme. Je n'aimais pas être une vierge qui devait toujours se défendre. J'avais l'impression que tout le monde voyait que j'étais vierge et mettait encore plus d'empressement à essayer de me conquérir.

Ce soir-là, Stephen et moi devions sortir ensemble. Il fallait que je trouve un moyen de le lui dire. Je devais lui faire comprendre que je courais le danger d'être violée, et que je préférais qu'il soit le premier. Non, cela lui ferait trop peur ensuite : alors, comment lui dire ?

J'avais de grandes nouvelles pour lui. J'étais devenue une star parmi les modèles. J'avais plus de travail que toutes les autres ; on me réclamait, parce que j'étais une étrangère et que j'avais un drôle de visage. Il m'arrivait de poser même le soir. Je racontai tout cela à Stephen. Il était fier de moi.

« Aimes-tu poser ? me demanda-t-il.

— J'adore ça. J'aime la compagnie des peintres ; j'aime les regarder travailler — qu'ils soient bons ou mauvais. J'aime cette atmosphère, les histoires que j'entends. Ce n'est jamais la même chose. C'est vraiment l'aventure.

— Est-ce que... est-ce qu'ils essaient de te faire l'amour ? me demanda Stephen.

— Pas si l'on ne veut pas.

— Mais essaient-ils ?... »

Je remarquai qu'il était inquiet. Nous traversions de sombres terrains vagues qui séparaient ma maison de la gare. Je me tournai vers lui et lui offris mes lèvres. Il m'embrassa. Je murmurai : « Prends-moi, prends-moi. »

Il restait muet. Je me jetai dans ses bras, je voulais être prise, je voulais en finir, je voulais devenir femme — mais il ne bougeait pas, terrifié. Il me dit :

« Je veux t'épouser, je ne veux pas te prendre maintenant.

— Je me moque du mariage. »

Je pris alors conscience de son étonnement, et cela me calma. J'étais profondément déçue par une attitude aussi conventionnelle. Le moment passa. Il crut que c'était là seulement l'expression d'un instant de passion aveugle, que j'avais perdu la tête. Il était même fier de m'avoir protégée contre mes propres impulsions. Je rentrai à la maison et me couchai en sanglotant.

Un illustrateur me demanda si j'acceptais de poser un dimanche, car il devait absolument livrer un poster. J'y consentis. Lorsque j'arrivai, il était déjà au travail. C'était le matin et l'immeuble semblait désert. Son atelier était au treizième étage. Il avait déjà fait la moitié du poster. Je me déshabillai rapidement et enfilai une robe du soir qu'il m'avait tendue. Il ne semblait pas faire le moins du monde attention à moi. Nous avons travaillé sans dire un mot pendant un long moment. Je commençais à être fatiguée. Il le remarqua et m'accorda un peu de repos. Je me promenai dans l'atelier en regardant les autres tableaux. La plupart étaient des portraits d'actrices. Je lui demandai qui elles étaient. Il me répondit en me donnant des détails sur leurs mœurs sexuelles :

« Oh! celle-ci! celle-ci a besoin de romantisme. C'est la seule façon de l'approcher. C'est une Européenne; elle aime qu'on lui fasse une cour raffinée. J'ai renoncé à mi-chemin. C'était trop épuisant. Cependant elle était très belle, et il y a toujours quelque chose de merveilleux à mettre une femme comme elle dans son lit. Elle avait des yeux extraordinaires; elle semblait toujours en extase, comme une mystique hindoue. On finit par se demander comment elles doivent être dans un lit !

« J'ai connu d'autres anges sexuels. Il est merveilleux de noter en elles le changement. Ces yeux clairs, presque transparents, ces corps qui prennent des poses si harmonieuses, ces mains délicates... comme tout cela change, lorsque le désir s'empare d'elles. Ces anges sexuels ! C'est ce changement, c'est la surprise, qui en fait tout le merveilleux. Vous, par exemple, avec votre air de vierge, je vous imagine en train de mordre et de griffer... je suis sûr que même votre voix change — j'ai déjà observé de telles transformations. Il y a des voix de femmes, qui résonnent comme des poèmes, comme des échos venus d'ailleurs. Puis elles changent. Les yeux changent aussi. Je crois que toutes ces légendes sur ces gens qui, la nuit, se transforment en animaux — comme les histoires du loup-garou, par exemple — ont été inventées par des hommes qui ont vu les femmes se transformer la nuit, qui ont vu ces créatures idéalisées, objets de toutes les vénérations, devenir de véritables bêtes — et ils ont dû croire qu'elles étaient possédées. Mais je sais que c'est encore beaucoup plus simple que cela. Vous êtes vierge, n'est-ce pas ?

— Non, je suis mariée, répondis-je.

— Mariée ou pas, vous êtes vierge, je puis vous

l'assurer. Je ne me trompe jamais. Si vous êtes mariée, votre mari n'a pas encore fait de vous une femme. Ne le regrettez-vous pas ? N'avez-vous pas l'impression que vous perdez votre temps, que la vraie vie commence avec la sensation, avec la sensation d'être femme ?... »

Ses paroles correspondaient tellement à ce que j'avais éprouvé, à ce désir d'expérience, que je ne répondis pas. J'avais honte de l'avouer à un étranger.

J'avais conscience de me trouver seule avec cet homme dans un immeuble désert. J'étais triste que Stephen n'ait pas compris mon désir de devenir femme. Je n'avais pas peur, mais j'étais fataliste : je désirais seulement trouver quelqu'un dont j'aurais pu tomber amoureuse.

« Je sais ce que vous pensez, dit-il, mais, pour moi, tout cela n'aurait aucun sens, si vous ne me désirez pas. Je n'ai jamais pu faire l'amour à une femme qui ne me voulait pas. Dès que je vous ai vue, j'ai pensé qu'il serait merveilleux de vous initier à l'amour. Quelque chose en vous me fait croire que vous aurez beaucoup d'aventures. J'aimerais être votre première aventure. Mais seulement si vous le désirez vraiment. »

Je souris.

« C'est exactement ce que je pensais. Je ne peux le faire que si je le désire, et je ne le désire pas.

— Il ne faut pas donner trop d'importance à ce premier abandon. Ce sont les parents qui, désireux de préserver leur fille pour le mariage, ont prétendu que l'homme qui prenait à une femme sa virginité en devenait le maître absolu par la suite. C'est, à mon avis, de la superstition. On a créé cette barrière pour préserver la femme de trop d'éparpillement. Mais la réalité est autre. Si un homme sait se faire aimer d'une femme, s'il réussit à l'exciter, elle sera attirée par lui : le simple fait de la déflorer ne suffit pas pour créer cet amour. Tout homme est capable de le faire, sans procurer le moindre plaisir à la femme. Savez-vous que beaucoup d'Espagnols prennent leur femme de cette manière, leur font des enfants, sans éveiller du tout leur sexualité, afin qu'elles leur restent fidèles ? L'Espagnol croit qu'il faut garder le plaisir pour sa maîtresse. En fait, dès qu'il voit une femme prendre du plaisir, il la soup-çonne aussitôt d'être infidèle ou d'être une putain. »

Les paroles de l'illustrateur m'ont poursuivie pendant des jours. Je me trouvais alors face à un problème nouveau : c'était maintenant l'été et la plupart des peintres étaient à la campagne, à la mer ou ailleurs. Je n'avais pas assez d'argent pour les suivre, et je n'étais pas sûre d'avoir beaucoup de travail. Un matin, je posais pour un dessinateur prénommé Ronald. Après la séance, il mit un disque sur son phonographe et m'invita à danser. C'est alors qu'il me proposa : « Pourquoi ne venez-vous pas à la campagne quelque temps ? Cela vous fera du bien et vous aurez beaucoup de travail. Je vous paie le voyage. Il y a très peu de bons modèles là-bas. Je suis sûr que vous y serez très occupée. »

J'acceptai. Je pris une chambre dans une ferme. Puis j'allai voir Ronald qui habitait une grange, au bas de la route. Il y avait percé une immense fenêtre. La première chose qu'il fit fut d'aspirer la fumée de sa cigarette et de la souffler dans ma bouche. Je me mis à tousser.

« Oh! dit-il, vous ne savez pas avaler la fumée.

— Cela ne m'intéresse pas du tout, dis-je en me relevant. Quel genre de pose souhaitez-vous?

— Oh! nous ne travaillons pas aussi dur ici! Il va falloir que vous appreniez à vous amuser un petit peu. Maintenant aspirez la fumée dans ma bouche et essayez de l'avaler...

— Je n'aime pas avaler. »

Il rit de nouveau. Puis il essaya de m'embrasser. Je m'écartai

« Oh! oh! dit-il, vous n'allez pas être de très bonne compagnie. J'ai payé votre voyage, vous savez, et je me sens seul ici. Je m'attendais à trouver en vous une compagne agréable. Où est votre valise?

— J'ai pris une chambre au bout de la rue.

— Mais je vous avais invitée à rester chez moi, dit-il.

— J'avais compris que vous désiriez que je pose pour vous.

— Pour le moment, ce n'est pas d'un modèle dont j'ai besoin. »

Je voulus partir. Il m'arrêta : « Vous savez, ici tout le monde traite de la même manière les modèles qui refusent de s'amuser. Si vous persistez dans cette attitude, personne ne vous proposera de travail. »

Je ne le croyais pas. Le matin suivant, je commençai à frapper à la porte de tous les peintres

que je pouvais trouver. Mais Ronald leur avait
déjà rendu visite. Aussi me reçurent-ils tous avec
froideur, comme quelqu'un qui a joué un mauvais
tour à un ami. Je n'avais pas assez d'argent pour
rentrer chez moi, ni pour payer ma chambre. Je
ne connaissais personne. La campagne était très
belle, montagneuse — mais impossible d'en profiter.

Le lendemain, je fis une longue promenade et
tombai sur une cabane au bord d'une rivière.
J'aperçus un homme qui peignait devant la porte.
Je lui adressai la parole et commençai à lui raconter mon histoire. Il ne connaissait pas Ronald,
mais il était choqué de son attitude. Il promit de
m'aider. Je lui dis que je désirais seulement
gagner assez d'argent pour pouvoir rentrer à New
York.

Je commençai aussitôt à poser pour lui. Il s'appelait Reynolds. C'était un homme d'une trentaine
d'années, aux cheveux bruns, avec des yeux noirs
très doux et un sourire éclatant — un ermite. Il
n'allait jamais au village, si ce n'est pour se ravi-
tailler, et ne fréquentait ni les bars, ni les restau-
rants. Il avait une démarche souple, une aisance
naturelle. Il avait beaucoup navigué, toujours sur
des cargos où il se faisait engager comme marin
pour voir du pays. Il ne se reposait jamais.

Il peignait de mémoire des choses qu'il avait
vues au cours de ses voyages. Assis au pied d'un
arbre, sans jamais regarder autour de lui, il peignait, à ce moment-là, la jungle d'Amérique du
Sud.

Reynolds me raconta qu'un jour où il se trouvait dans la jungle avec des amis ils avaient senti une odeur de fauve si forte qu'ils s'attendaient à voir surgir une panthère devant eux ; or, ce fut une femme, une sauvage entièrement nue, qui sortit des buissons ; elle les regarda avec des yeux remplis d'effroi, puis s'enfuit en laissant derrière elle cette très forte odeur de fauve, et se jeta dans la rivière avant qu'ils aient pu reprendre leur souffle.

Un ami de Reynolds avait un jour capturé une femme dans la jungle. Quand il eut ôté la peinture rouge dont elle était recouverte, il découvrit une femme très belle. Elle était douce lorsqu'on la traitait bien et ne résistait pas aux perles et aux bijoux qu'on lui offrait.

Son odeur forte repoussait Reynolds, jusqu'au jour où son ami lui proposa de passer une nuit avec elle. Sa chevelure noire était aussi dure et rêche qu'un plumage d'oiseau. Cette odeur d'animal lui donnait l'impression d'être allongé aux côtés d'une panthère. Et elle avait tellement plus de force que lui qu'au bout d'un moment il joua le rôle de la femme et c'est elle qui le modelait pour satisfaire à ses fantaisies. Elle était infatigable et lente à éveiller sensuellement. Elle pouvait supporter des caresses pendant des heures ; il finit par être épuisé et par s'endormir dans ses bras.

Soudain, il l'aperçut penchée sur lui et lui versant un peu de liquide sur le sexe, liquide qui d'abord l'éveilla puis l'excita furieusement. Il avait l'impression qu'on avait trempé son membre dans du feu ou dans du piment. Il se frottait contre la chair de la femme, beaucoup plus pour se calmer que par désir.

Elle souriait doucement. Il la pénétra avec rage, craignant que ce ne fût pour la dernière fois : il se demandait s'il ne s'agissait pas d'une sorte d'envoûtement pour exciter au maximum ses sens avant d'en mourir.

Elle était étendue sur le dos, souriant toujours, laissant voir ses dents blanches; son odeur de fauve avait maintenant sur lui un effet érotique comme l'odeur de musc. Elle remuait avec une telle vigueur qu'il avait l'impression qu'elle allait lui arracher le sexe. Mais maintenant, il désirait la soumettre et il ne cessait de la caresser.

Elle parut surprise. Personne ne semblait lui avoir fait cela auparavant. Epuisé de lui faire l'amour après deux orgasmes, il continua néanmoins à caresser son clitoris : elle aimait ses caresses, en réclamait toujours davantage, ouvrant largement ses cuisses. Puis elle se retourna soudain, s'accroupit sur le lit et présenta ses fesses. Elle espérait qu'il allait de nouveau la prendre, mais il continua à la caresser. Elle se mit alors à rechercher sa main. Elle se frottait contre elle comme un énorme chat.

Reynolds riait en racontant cette histoire.

Le tableau qu'il était en train de peindre lui avait rappelé cette indigène cachée derrière les buissons, attendant telle une tigresse pour bondir, et s'enfuir pour échapper aux hommes qui portaient des fusils. Il l'avait dessinée dans le tableau, avec ses seins lourds et fiers, ses longues jambes fines et sa taille mince.

Je ne savais pas comment j'allais pouvoir poser pour lui. Mais déjà il pensait à un autre tableau. Il me dit : « C'est facile. Je veux que vous dormiez. Vous serez enveloppée dans des draps blancs. J'ai vu un jour quelque chose au Maroc que j'ai toujours eu envie de peindre. Une femme s'était endormie au milieu de ses écheveaux de soie, tout en retenant de ses pieds rougis au henné le métier à tisser. Vous avez de très beaux yeux, mais il faudra que vous les fermiez. »

Il entra dans la cabane et en ressortit avec des draps dont il me fit une sorte de haïk. Il me plaça contre une caisse de bois, fit prendre à mon corps et à mes mains la pose qu'il souhaitait et se mit aussitôt à faire une esquisse. Il faisait une chaleur torride. Les draps me donnaient chaud, et la pose était si décontractée que je m'endormis pour de bon. Je ne sais pas combien de temps j'ai dormi. Je me sentais pleine de langueur, comme irréelle. Soudain je sentis une main douce entre mes jambes, très douce, et qui me caressait si légèrement que je dus m'éveiller pour m'assurer qu'elle m'avait réellement touchée. Reynolds était penché au-dessus de moi avec une expression d'une telle douceur que je ne bougeai pas. Ses yeux étaient tendres, ses lèvres entrouvertes.

« Rien qu'une caresse, dit-il, juste une caresse. »

Je restai immobile. Je n'avais jamais rien senti d'aussi doux que cette main qui me caressait délicatement, très délicatement entre les cuisses, sans toucher mon sexe, effleurant parfois la toison. Puis cette main se glissa un peu plus bas, tout près du sexe. Je perdais toute défense et retenue.

Il se pencha sur moi et posa ses lèvres sur les miennes, les caressant doucement jusqu'à ce qu'elles répondent; ce ne fut qu'alors qu'il osa toucher le bout de ma langue avec la sienne. Sa main continuait d'explorer, de me toucher doucement — cruelle tentation. J'étais mouillée et je savais que, si jamais il déplaçait à peine ses doigts, il le sentirait. La langueur gagna tout mon corps. Chaque fois que sa langue touchait la mienne, j'avais l'impression qu'une seconde langue, plus petite, vivait à l'intérieur de moi, qui désirait aussi être touchée. Sa main se promenait doucement sur mon sexe, puis sur mes fesses : on aurait dit qu'à chacun de ses mouvements mon sang se réveillait pour la suivre partout. Ses doigts s'arrêtèrent doucement sur le clitoris, puis écartèrent légèrement les lèvres jusqu'à la vulve. Il sentit qu'elle était humide. Il toucha ce miel avec délices, continuant à m'embrasser : il était maintenant allongé sur moi. Je ne fis aucun geste. La chaleur, l'odeur des plantes tout autour, sa bouche sur la mienne agissaient sur moi comme une drogue.

« Rien qu'une caresse », répétait-il tout bas, tandis que son doigt caressait mon clitoris jusqu'à ce qu'il gonfle et durcisse. Puis, j'eus l'impression qu'une graine libérait en moi sa semence, me faisant palpiter de joie sous ses doigts. Je lui donnai un baiser de gratitude. Il souriait. Il me dit : « Veux-tu me caresser ? »

Je fis signe que oui, mais je ne savais pas ce qu'il attendait de moi. Il déboutonna son pantalon et je vis son sexe. Je le pris entre mes mains. « Serre plus fort », me dit-il. Il vit alors que je ne savais pas comment m'y prendre. Il me prit la main et la guida. La petite écume blanche coula sur mes doigts. Il se couvrit. Il m'embrassa avec la même gratitude que celle que je lui avais montrée après mon plaisir.

Il me dit : « Sais-tu qu'un Hindou fait l'amour à sa femme pendant dix jours avant de la prendre ? Pendant dix jours, ce ne sont que baisers et caresses. »

La pensée du comportement de Ronald le rendit de nouveau furieux — cette façon dont il m'avait injustement traitée aux yeux de tout le monde. Je lui répondis :

« N'en sois pas fâché. J'en suis heureuse; c'est grâce à cela que je suis venue jusqu'ici.

— Je t'ai aimée dès que je t'ai entendue parler avec ton drôle d'accent. J'avais l'impression d'être de nouveau en voyage. Ton visage est tellement différent — ta démarche aussi, tes manières. Tu me rappelles une fille que j'avais eu envie de peindre à Fez. Je ne l'ai vue qu'une seule fois, endormie, comme cela. J'ai toujours rêvé de la réveiller comme je t'ai réveillée.

— Et j'ai toujours rêvé d'être réveillée par une caresse comme la tienne.

— Si tu n'avais pas été endormie, peut-être n'aurais-je jamais osé.

— Toi, l'aventurier, qui as vécu avec une sauvage, dans la jungle !?

— Je n'ai pas vraiment vécu avec cette indigène. C'était un de mes amis. Il en parlait toujours, aussi ai-je raconté cette histoire comme si j'en avais été le héros. En réalité, je suis timide avec les femmes. Je peux me bagarrer avec les hommes, boire, me soûler, mais les femmes m'intimident, même les putains. Elles se moquent de moi. Mais j'ai toujours imaginé qu'un jour se produirait ce qui vient de se passer entre nous.

— Mais dans dix jours, je serai à New York, dis-je en riant.

— Dans dix jours, je te reconduirai à New York, si tu dois vraiment rentrer, mais jusque-là tu es ma prisonnière. »

Pendant dix jours nous avons travaillé dehors, profitant du soleil. La chaleur réchauffait mon corps tandis que Reynolds attendait que je ferme les yeux. Parfois, je lui faisais comprendre que je désirais davantage. Je pensais que, les yeux fermés, il oserait me prendre. J'aimais la manière dont il s'avançait vers moi, comme un chasseur, à pas feutrés, pour s'étendre à mes côtés. Il lui arrivait de relever d'abord ma robe et de me regarder un long moment. Puis il me caressait tout doucement, comme s'il ne voulait pas me réveiller, jusqu'à ce que coule mon désir. Alors son rythme s'accélérait. Nos bouches se cherchaient et nos langues se mêlaient. J'appris à embrasser son sexe; cela l'excitait terriblement. Il perdait toute sa douceur, enfonçait avec fougue son sexe dans ma bouche et j'avais peur de lui faire mal. Un jour je l'ai mordu, je l'ai blessé, mais il ne m'en a pas voulu. J'avalais sa semence blanche. Lorsqu'il m'embrassait, cette écume recouvrait nos visages. L'odeur merveilleuse du plaisir imprégnait mes doigts. Je ne voulais plus me laver les mains.

J'avais l'impression que nous étions liés l'un à

l'autre par un courant presque magnétique, mais qu'en même temps rien d'autre ne nous rapprochait l'un de l'autre. Reynolds m'avait promis de me ramener à New York. Il ne pouvait plus se permettre de rester plus longtemps à la campagne. Il fallait que je retrouve du travail.

Pendant le voyage, Reynolds s'est arrêté et nous nous sommes allongés dans les bois sur une couverture, pour nous reposer. Nous nous caressions quand soudain, il me dit :

« Es-tu heureuse ?

— Oui.

— Pourrais-tu être longtemps heureuse ainsi ? Tels que nous sommes ?

— Pourquoi, Reynolds, que se passe-t-il ?

— Ecoute, je t'aime. Tu le sais, mais je ne peux pas te faire l'amour. Un jour, j'ai pris une fille : elle s'est trouvée enceinte et dut subir un avortement. Elle a saigné à en mourir. Depuis, je n'ai jamais pu prendre une autre femme. J'ai peur. Si cela devait t'arriver, je me tuerais. »

Je n'avais jamais pensé à ces choses. Je me taisais. Nous nous sommes embrassés longtemps. Pour la première fois, il m'embrassa entre les cuisses, au lieu de me caresser ; il m'embrassa jusqu'à ce que je jouisse. Nous étions heureux. Il me dit : « Cette petite blessure des femmes... elle m'effraie. »

A New York, il faisait une chaleur étouffante, et les artistes n'étaient pas encore de retour. Je me trouvai sans travail. Je travaillais parfois comme mannequin pour des boutiques de mode. Mais on me demandait souvent de sortir le soir avec des clients, ce que je refusais — et je perdis mon emploi. Enfin, on m'engagea dans un important magasin près de la 34e Rue : nous étions six mannequins. L'endroit était sombre et un peu terrifiant. Il y avait de longs couloirs remplis de vêtements, avec quelques bancs pour nous asseoir. Nous attendions en combinaison, de façon à pouvoir nous changer plus vite. Lorsqu'on appelait un des mannequins, les autres l'aidaient à s'habiller.

Les trois hommes, qui dessinaient des modèles de robes, essayaient toujours de nous tripoter, de nous caresser. Pendant l'heure du déjeuner, nous assurions, à tour de rôle, une permanence. Ma crainte était de me retrouver seule avec le plus entreprenant des trois.

Un jour où je parlais au téléphone avec Stephen, qui me demandait s'il pouvait me voir le soir, cet homme s'approcha de moi par-derrière et plongea sa main sous ma combinaison pour toucher mes seins. Ne sachant que faire, je lui donnai des coups de pied tout en continuant à parler au téléphone. Mais rien ne le décourageait. Il se mit à caresser mes fesses. Je le frappai de nouveau.

Stephen me demandait : « Que se passe-t-il ? Que dis-tu ? »

Je raccrochai et me retournai vers mon agresseur : il était parti.

Les acheteurs admiraient notre beauté tout autant que celle des robes. Le principal vendeur était très fier de moi et répétait souvent, en me passant la main dans les cheveux : « Elle pose pour les artistes. »

Ces réflexions me donnaient envie de reprendre

le métier de modèle. Je ne voulais pas que Reynolds ou Stephen me voient dans cet horrible magasin, en train de présenter des robes à d'horribles acheteurs et d'horribles vendeurs.

Je finis par être engagée comme modèle par un peintre sud-américain. Il avait un visage de femme, pâle, avec de grands yeux noirs, des cheveux noirs très longs; ses gestes étaient lents et posés. Il avait merveilleusement décoré son atelier, avec de somptueux tapis, d'immenses tableaux de femmes nues, des tentures de soie; il y faisait brûler de l'encens. Il m'annonça que la pose serait très difficile : il était en train de peindre un cheval au galop, monté par une femme nue. Il me demanda si j'étais déjà montée à cheval. Je lui répondis que oui, lorsque j'étais enfant.

« Magnifique, dit-il, exactement ce que je recherchais. J'ai fabriqué ici un objet qui rendra tout à fait l'effet que je désire. »

C'était le mannequin d'un cheval sans tête — juste le corps et les pattes — avec une selle.

Il me dit : « Commencez par vous déshabiller, puis je vous montrerai la pose. Elle est difficile. La femme doit rejeter son corps en arrière pour ne pas être emportée par le galop du cheval. » Il s'assit sur le cheval de bois pour me le montrer.

Je n'éprouvais plus aucune gêne à poser nue. J'ôtai mes vêtements et m'assis sur le cheval, le corps cambré en arrière, les bras libres, les jambes serrées contre les flancs du cheval pour ne pas tomber. Le peintre fut satisfait de ma pose. Mais il me dit en me regardant : « Vous ne pourrez pas garder la pose très longtemps. Faites-moi signe dès que vous serez fatiguée. »

Il m'étudiait sous tous les angles. Il s'approcha soudain de moi pour me dire : « Lorsque j'ai dessiné l'esquisse de ce tableau, on voyait beaucoup plus cette partie, entre les cuisses. » Il me toucha doucement, comme si cela faisait partie de son travail. J'arrondis un peu mon ventre, pour que mes hanches soient plus apparentes. « Très bien, maintenant, dit-il, gardez la pose. »

Il se mit à dessiner. Je remarquai soudain quelque chose d'étrange dans la forme de la selle. La plupart des selles sont adaptées à la forme du bassin, et le pommeau en est légèrement relevé, de sorte que le sexe de la femme frotte contre le cuir. J'avais souvent fait l'expérience agréable ou désagréable de ce frottement. Un jour, ma jarretelle s'était détachée et flottait sous mon pantalon. Pour ne pas être distancée par mes compagnons, je ne me suis pas arrêtée. En galopant, la jarretelle a fini par se coincer entre mon sexe et la selle, ce qui me faisait mal. Je continuai néanmoins, en serrant les dents. A la douleur se mêlait une sensation indéfinissable. J'étais alors une petite fille et ne connaissais rien de la sexualité. Je croyais que le sexe de la femme était intérieur et j'ignorais l'existence du clitoris.

A la fin de la promenade, j'avais très mal. Je racontai ce qui m'était arrivé à une camarade et nous sommes allées ensemble dans la salle de bain. Elle m'aida à retirer mon pantalon, à dégrafer mon porte-jarretelles et me dit : « As-tu mal ?

C'est un endroit très sensible. Peut-être n'éprouveras-tu jamais plus de plaisir si tu t'es blessée. »

Je la laissai m'examiner. Les lèvres étaient rouges et légèrement enflées, mais ce n'était pas très douloureux. Ce qui m'inquiétait, c'était qu'elle ait dit que je risquais d'être privée d'un plaisir, d'un plaisir que je ne connaissais pas. Elle insista pour me faire des compresses avec un coton mouillé, me caressa et finit par m'embrasser, « pour me faire du bien ».

Après cet incident, je devins tout particulièrement consciente de cette partie de mon corps. Surtout lorsque nous faisions de longues promenades à cheval en pleine chaleur. J'éprouvais une sensation tellement vive entre les cuisses que mon seul désir, lorsque nous descendions de cheval, était que mon amie me soigne de nouveau. Elle me demandait toujours : « As-tu mal ? »

Une fois je lui répondis : « Un peu. » Nous sommes allées dans la salle de bain et elle m'a appliqué des compresses de coton trempé dans de l'eau fraîche.

Elle m'a caressée comme la première fois, en me disant :

« Il ne paraît plus du tout irrité. Peut-être pourras-tu de nouveau éprouver du plaisir.

— Je ne sais pas, dis-je. Crois-tu que c'est fini... mort... à cause de cette blessure ? »

Très tendrement, mon amie se pencha sur moi et me caressa.

« As-tu mal ? »

Je m'allongeai et dis :

« Non, je ne sens rien.

« — Tu ne sens pas ceci ? demanda-t-elle en pressant mes lèvres entre ses doigts.

— Non, répondis-je en l'observant.

— Et ceci ? (Maintenant elle dessinait des cercles minuscules en caressant mon clitoris.)

— Je ne sens rien. »

Elle était curieuse de voir si j'avais perdu toute sensibilité et redoubla ses caresses, frottant mes lèvres d'une main tout en excitant le bout de mon clitoris de l'autre. Elle caressait ma toison et la peau délicate tout autour. Je finis par sentir quelque chose, avec violence, et mon corps réagit. Elle était penchée sur moi, haletante, et me regardait : « C'est merveilleux, merveilleux, tu sens... là... »

Assise sur le faux cheval, je me remémorais cet incident lorsque je remarquai que le pommeau de la selle était très proéminent. Pour prendre la pose qui convenait au peintre, j'avais dû glisser en avant, si bien que mon sexe frottait contre le cuir du pommeau. Le peintre me regardait.

« Aimez-vous mon cheval ? me demanda-t-il. Savez-vous qu'il peut bouger ?

— Ah, oui ? »

Il s'approcha de moi et déclencha tout un mécanisme : le cheval avait, effectivement, les mêmes mouvements qu'un vrai.

« J'aime ça, dis-je, ça me rappelle le temps où je montais à cheval, quand j'étais petite. » J'avais remarqué qu'il avait cessé de peindre et m'observait. Les vibrations du cheval pressaient mon sexe contre la selle avec encore plus de force et j'en éprouvais du plaisir. J'avais peur qu'il ne le remarque, aussi je dis : « Arrêtez-le maintenant. » Mais il me sourit et ne l'arrêta pas. « Vous n'aimez pas ça ? » demanda-t-il.

J'aimais beaucoup ça. Chaque mouvement faisait frotter mon clitoris contre le cuir, et j'avais l'impression d'être incapable de pouvoir me retenir de jouir s'il continuait. Mon visage était congestionné.

Le peintre m'observait avec attention, sensible à la moindre expression de plaisir sur mon visage : j'étais incapable de me maîtriser maintenant et je m'abandonnais totalement aux mouvements du cheval; je frottai mon clitoris contre le pommeau jusqu'à ce que je sente monter en moi l'orgasme, et je jouis devant lui.

Ce n'est qu'alors que je compris qu'il n'attendait que cet instant — qu'il avait monté toute cette scène pour me voir jouir. Il savait quand il devait arrêter la machine.

« Vous pouvez vous reposer maintenant », dit-il.

Un peu plus tard, j'ai posé pour une dessinatrice, Lena, que j'avais rencontrée au cours d'une soirée. Elle aimait la compagnie. Beaucoup d'acteurs, d'actrices, d'écrivains venaient lui rendre visite. Elle illustrait des couvertures de magazines. La porte était toujours ouverte. Les invités apportaient à boire. La conversation était aigre-douce, souvent cruelle. J'avais l'impression que tous ses amis étaient des professionnels de la caricature. Ils se moquaient des faiblesses des autres. Ou parfois des leurs. Un jeune homme très beau, et très élégant, ne faisait pas de mystère sur sa profession. C'était un habitué des grands hôtels, où il attendait de vieilles dames seules et les emmenait danser. La plupart du temps, elles lui offraient ensuite leur chambre.

Lena fit une grimace :

« Comment peux-tu faire ça ? demanda-t-elle. Comment peux-tu bander avec de telles horreurs ? Si je voyais une femme aussi vieille dans mon lit, je m'enfuirais à toutes jambes ! »

Le jeune homme sourit.

« Il y a tellement de façons de le faire. Souvent, je ferme les yeux et je m'imagine que ce n'est pas une vieille femme à mes côtés, mais une femme que j'aime et, les yeux fermés, je pense à quel point il sera agréable de payer mon loyer le lendemain et d'acheter des chemises de soie ou un nouveau costume. Perdu dans ces pensées, je continue à caresser le sexe de la femme et, vous savez, les yeux fermés, ils se ressemblent tous plus ou moins. Cependant, lorsque j'ai des difficultés, je prends des drogues. Naturellement, je sais bien qu'à ce rythme ma carrière ne durera pas plus de cinq ans et qu'après ça je ne serai plus d'aucune utilité, même pour une femme jeune. Mais, d'ici là, j'espère ne plus jamais avoir envie de femmes !

« J'envie beaucoup mon ami argentin, avec qui je partage mon loyer. C'est un homme très beau, au physique très aristocratique et distingué. Les femmes seraient folles de lui. Quand je quitte l'appartement, savez-vous ce qu'il fait ? Il se lève, sort un petit fer électrique et une planche à repasser et se met à repasser une paire de pantalons. Et, en le faisant, il s'imagine sortant de l'immeuble magnifiquement habillé, descendant la 5e Avenue, remarquant une très belle femme, dont il suivrait le parfum à la trace, jusque dans les ascenseurs bondés, la frôlant parfois. La femme porterait un voile et une fourrure autour du cou. Sa robe ferait ressortir sa silhouette.

« Après l'avoir ainsi suivie dans les magasins, il lui adresserait enfin la parole. Elle aimerait son beau sourire et son allure chevaleresque. Ils iraient prendre le thé quelque part, puis monteraient dans sa chambre d'hôtel. Arrivés dans la chambre, ils tireraient les rideaux et feraient l'amour dans le noir.

« En repassant ses pantalons avec soin, d'une manière très méticuleuse, mon ami s'imagine en train de faire l'amour à cette femme — et cela l'excite. Il sait comment il la prendrait. Il aime enfoncer son sexe par-derrière, en relevant les jambes de la femme; puis il lui demande de se tourner un peu sur le côté de façon à ce qu'il puisse voir sa pénétration. Il aime que la femme tienne dans ses mains ses testicules; il aime que ses doigts pressent encore plus fort que son vagin. Il aime aussi toucher son clitoris en même temps, pour qu'elle redouble de plaisir. Il la ferait trembler des pieds à la tête, et elle le supplierait de continuer.

« Et chaque fois, ces évocations provoquent en lui une érection. C'est tout ce qu'il désire. Il range alors ses pantalons, le fer et la planche à repasser, et s'étend de nouveau sur le lit, fumant une cigarette; il revoit encore toute la scène jusqu'à ce que chaque détail soit parfait; une goutte de sperme perle au bout de son membre — il la caresse tout en continuant son rêve.

« Je l'envie. J'envie l'excitation qu'il tire de ses rêveries. Il me questionne toujours. Il veut savoir comment mes femmes sont faites, comment elles se comportent. »

Lena se mit à rire. Elle dit : « Il fait chaud. Je vais enlever mon corset. » Elle disparut dans l'alcôve. Lorsqu'elle revint, son corps semblait plus libre, et plus décontracté. Elle s'assit, croisant ses jambes nues, son chemisier à demi ouvert. Un de ses amis s'assit de façon à pouvoir mieux la voir.

Un autre, un très bel homme, se tenait près de moi tandis que je posais; il me murmurait des compliments à l'oreille :

« Je vous aime parce que vous me rappelez l'Europe — surtout Paris. Je ne sais pas exactement ce qui se passe à Paris, mais l'air semble rempli de sensualité. Et elle est contagieuse. C'est une ville tellement humaine. Je ne sais pas si cela vient de ces couples que l'on voit s'embrasser dans les rues, aux tables des cafés, dans les cinémas, dans les jardins publics. Ils s'arrêtent pour de longs baisers en plein milieu du trottoir ou aux bouches de métro. Peut-être est-ce cela, ou bien la douceur de l'air. Je ne sais pas. La nuit, sous chaque porche, un homme et une femme sont presque fondus l'un dans l'autre. Les putains vous observent sans cesse... elles vous touchent.

« Un jour, j'étais debout sur la plate-forme arrière d'un bus; je regardais négligemment les immeubles. Par une fenêtre ouverte, j'aperçus un homme et une femme sur un lit. La femme était assise sur l'homme.

« A cinq heures de l'après-midi, cela devient insupportable. Il y a de l'amour et du désir dans l'air. Les rues sont animées. Les cafés sont pleins. Dans les cinémas, il y a de petites loges sombres, fermées par des rideaux, où l'on peut faire l'amour sans être vus, tandis que la projection du film se poursuit. Tout est si ouvert, si facile. Il n'y a pas de police. Une de mes amies était allée se plaindre un jour à un agent de police d'avoir été suivie par un homme. Il avait ri en disant : « Vous « serez encore plus navrée le jour où aucun « homme ne vous suivra, n'est-ce pas ? Après tout, « vous devriez être reconnaissante au lieu d'être « en colère. » Et il ne l'avait pas aidée. »

Puis, mon admirateur me murmura encore plus bas : « Accepterez-vous de dîner avec moi, et d'aller au théâtre ? »

Il devint mon premier amant véritable. J'oubliai Reynolds et Stephen. C'étaient maintenant des enfants à mes yeux.

HILDA ET RANGO

HILDA était un magnifique modèle parisien qui tomba follement amoureuse d'un écrivain américain dont les œuvres révélaient une telle violence sensuelle que toutes les femmes étaient aussitôt séduites. Elles lui écrivaient des lettres et faisaient tout pour essayer de le rencontrer. Celles qui y parvenaient étaient toujours surprises par sa gentillesse et sa douceur.

C'est ce qui était arrivé à Hilda. Devant son impassibilité, elle se mit à lui faire la cour. Et ce ne fut qu'après ses premières avances, quand elle l'eut longtemps caressé, qu'il commença à lui faire l'amour avec la passion qu'elle attendait. Mais, à chacun de leurs rendez-vous, il fallait qu'elle recommençât le même manège. D'abord elle devait éveiller son désir d'une manière ou d'une autre — en agrafant une jarretelle défaite, en lui racontant quelque expérience du passé, ou bien en s'allongeant sur le divan, la tête rejetée en arrière et la poitrine offerte, s'étirant comme un énorme chat. Elle s'asseyait sur ses genoux, lui offrait ses lèvres, déboutonnait son pantalon, l'excitait.

Ils vécurent ensemble quelques années, profondément attachés l'un à l'autre. Elle s'habitua à son rythme dans l'amour. Il attendait, allongé sur le dos, savourant les caresses d'Hilda. Elle apprit à être active, entreprenante, mais elle en souffrait, car elle était d'une nature extraordinairement féminine. Tout au fond d'elle-même, elle avait la conviction que la femme pouvait maîtriser son plaisir, mais pas l'homme, et qu'il était même nuisible pour lui qu'il essayât. Elle avait l'impression que le rôle de la femme était de satisfaire le désir de l'homme. Elle avait toujours rêvé d'un homme qui forcerait sa volonté, qui la dominerait sexuellement, qui serait le maître.

Elle voulait satisfaire cet homme parce qu'elle l'aimait. Elle apprit à chercher sa verge et à la caresser jusqu'à ce que le désir l'envahisse, à chercher sa bouche, à exciter sa langue, à presser son corps contre le sien pour le provoquer. Il leur arrivait d'être allongés l'un près de l'autre et de bavarder. Elle posait sa main sur son sexe et le trouvait parfois gros de désir. Malgré cela, il ne faisait pas un geste vers elle. Et, peu à peu, elle finit par s'habituer à exprimer son propre désir, ses propres envies. Elle perdit sa réserve, sa timidité.

Lors d'une soirée à Montparnasse, elle fit la connaissance d'un peintre mexicain, un homme immense, basané, aux cheveux et aux sourcils aussi noirs que les yeux. Il était ivre, — elle devait découvrir plus tard qu'il était presque toujours ivre.

Mais la vue d'Hilda produisit sur cet homme un choc profond. Il se redressa de sa position chancelante et vacillante et la fixa avec les yeux d'un lion devant son dompteur. Quelque chose en elle le calmait et lui donnait envie d'être sobre, de sortir de ce brouillard et de ces vapeurs dans lesquels il vivait en permanence. Quelque chose dans le visage d'Hilda éveillait sa honte, honte de sa tenue débraillée, de la peinture sous ses ongles, de ses cheveux décoiffés. Elle, au contraire, était sous le charme de cette figure de démon, du démon qu'elle avait imaginé sous les mots de l'écrivain américain.

C'était une force de la nature, nerveux, destructeur, attaché à rien ni à personne, vagabond et aventurier. Il peignait dans les ateliers de ses amis, empruntant huiles et toiles, puis s'en allait un beau jour sans crier gare, laissant là son travail. La plupart du temps il vivait avec les gitans dans la banlieue parisienne. Il partageait avec eux la vie en roulotte, sur les routes de France. Il respectait leurs lois, ne faisait jamais l'amour à une gitane, jouait de la guitare avec eux le soir dans des boîtes de nuit lorsqu'ils manquaient d'argent, partageait leurs repas — souvent composés de poulet volé.

Lorsqu'il rencontra Hilda, il avait sa propre roulotte, juste derrière l'une des portes de Paris, près des anciens remparts, aujourd'hui en ruine. La roulotte avait appartenu à un Portugais qui avait recouvert les murs de cuir peint. Le lit était suspendu à l'arrière de la roulotte, suspendu comme une couchette de navire. Les fenêtres étaient en forme d'arche de style mauresque. Le plafond était si bas qu'on pouvait à peine se tenir debout.

Au cours de la soirée de leur première rencontre, Rango n'invita pas Hilda à danser. On avait éteint les lumières dans l'atelier, car l'éclairage de la rue était suffisant; les couples se tenaient enlacés sur le balcon. La musique était douce et langoureuse.

Rango se tenait debout devant Hilda et ne la quittait pas des yeux. Soudain, il lui dit : « Voulez-vous faire un tour? » Hilda accepta. Rango marchait les mains dans les poches, une cigarette au coin des lèvres. Il n'était plus ivre maintenant; son esprit était clair comme la nuit. Il marchait en direction de la banlieue de la ville. Ils arrivèrent aux bidonvilles des chiffonniers, petites cabanes construites n'importe comment, avec des toits en pente et sans fenêtres — assez d'air entrait cependant par les planches cassées et les portes de fortune? Les allées étaient en terre battue.

Un peu plus loin étaient alignées quelques roulottes de gitans. Il était quatre heures du matin, et tout le monde dormait. Hilda ne parlait pas. Elle marchait dans l'ombre de Rango : elle avait l'impression profonde de ne plus être elle-même, de n'avoir plus ni volonté, ni conscience de ce qui lui arrivait, mais de se laisser couler, tout simplement.

Rango avait les bras nus. Hilda ne savait qu'une

seule chose : c'était qu'elle avait envie que ces bras nus la serrent fortement. Il se baissa pour entrer dans la roulotte. Il alluma une bougie. Il était trop grand pour ce plafond si bas, mais elle était plus petite et pouvait se tenir droite.

Les bougies dessinaient des ombres immenses sur les murs. Son lit était défait — une simple couverture rejetée aux pieds. Des vêtements étaient éparpillés un peu partout. Il y avait deux guitares. Il en prit une et se mit à jouer, assis au milieu des vêtements. Hilda avait l'impression de rêver : il fallait qu'elle fixe ses bras nus et sa gorge que laissait voir sa chemise ouverte pour qu'il ressente aussi ce qu'elle ressentait, le même magnétisme.

Au moment même où elle se sentit partir à la dérive, se noyer dans sa peau cuivrée, il se pencha sur elle et la couvrit de baisers, des baisers rapides et brûlants, à travers lesquels elle sentait son souffle passer. Il l'embrassait derrière les oreilles, sur les paupières, dans le cou, sur les épaules. Elle était aveugle, muette; ses sens étaient paralysés. Chaque baiser, comme une gorgée de vin, réchauffait un peu plus son corps. Chaque baiser rendait ses lèvres un peu plus brûlantes. Mais il ne fit pas le moindre geste pour soulever sa jupe ou la déshabiller.

Ils restèrent là, étendus, pendant un long moment. La bougie était consumée. Avec un léger grésillement, elle s'éteignit. Dans le noir, elle sentit sa chaleur brûlante l'envelopper, comme le sable du désert.

Alors, dans l'obscurité, la Hilda qui avait fait si

souvent ce geste se sentit comme forcée de le faire une fois encore, sortant de son rêve et de son ivresse de baisers : sa main chercha à tâtons sa ceinture à boucle d'argent, descendit le long des boutons et sentit son désir.

D'un geste brusque, il la repoussa, comme si elle l'avait blessé. Il se leva, légèrement étourdi, et alluma une autre bougie. Elle ne comprenait pas ce qui s'était passé. Elle remarqua qu'il était en colère. Son regard était maintenant furieux. Ses pommettes, très hautes, qui semblaient toujours prêtes à sourire, ne riaient plus du tout. Il gardait les lèvres serrées.

« Qu'ai-je fait ? » demanda-t-elle.

Il ressemblait à un animal sauvage un peu timoré à qui l'on aurait fait du mal. Il paraissait humilié, offensé, fier et intouchable. Elle répéta : « Qu'ai-je fait ? » Elle était consciente d'avoir fait quelque chose qu'elle n'aurait pas dû faire. Elle aurait voulu qu'il comprenne qu'elle était innocente.

Maintenant, il avait un sourire ironique, se moquant de son ignorance. Il lui dit : « Tu as eu un geste de putain. » Un profond sentiment de honte l'envahit, une vive blessure. Cette femme qui avait tant souffert d'avoir été forcée d'agir ainsi avec son autre amant, cette femme à qui l'on avait demandé de trahir sa vraie nature si souvent que c'était devenu une habitude, voilà que cette femme pleurait, et ne pouvait maîtriser ses larmes. Mais ses larmes ne le touchaient pas. Elle se leva en disant :

« Même si c'est la dernière fois que je viens ici,

je veux que tu saches une chose. Une femme ne fait pas toujours ce qu'elle veut. C'est un homme qui m'a appris... un homme avec qui j'ai vécu pendant des années et qui me forçait... qui me forçait à agir... »

Rango écoutait. Elle poursuivit :

« ... Au début, j'en ai souffert, j'ai transformé ma nature... Je... » Puis elle se tut.

Rango était assis à côté d'elle. « Je comprends. » Il saisit sa guitare et se mit à jouer. Ils burent. Mais il ne la toucha plus. Ils marchèrent lentement jusque chez elle. Elle se laissa tomber sur son lit, épuisée et s'endormit en pleurant; pleurant d'avoir perdu Rango, mais aussi d'avoir perdu cette part d'elle-même qu'elle avait déformée, transformée pour l'amour d'un homme.

Le lendemain, Rango l'attendait à la porte de son petit hôtel. Il lisait tout en fumant. Lorsqu'elle sortit, il lui dit simplement : « Venez donc boire un café avec moi. » Ils allèrent au Martinique, un café fréquenté par les mulâtres, les boxeurs et les drogués. Il choisit un coin sombre du café et il se pencha sur elle pour l'embrasser. Un long baiser. Il gardait sa bouche sur la sienne sans bouger. Elle se sentit fondre sous ses lèvres.

Ils déambulaient dans les rues, comme des petits voyous de Paris, s'embrassant continuellement; ils marchèrent ainsi jusqu'à la roulotte, à demi inconscients. Cette fois-ci, en plein jour, l'endroit était rempli de bohémiennes qui s'apprêtaient à vendre leur dentelle au marché. Les maris dormaient. D'autres se préparaient à partir pour le Sud. Rango dit qu'il avait toujours eu envie de voyager avec eux. Mais on l'avait engagé comme musicien dans un night-club et on le payait bien

« Et, de plus, maintenant, je t'ai », dit-il.

Dans la roulotte, il lui offrit du vin et ils fumèrent. Il l'embrassa de nouveau. Il se leva pour fermer le petit rideau. Puis il la déshabilla, tout doucement, retirant ses bas avec délicatesse : dans ses puissantes mains bronzées, on aurait dit de la gaze, invisible. Il s'arrêta pour contempler ses jarretelles. Il embrassa ses pieds. Il lui sourit. Son visage rayonnait d'une étrange pureté, d'une joie innocente : il la déshabillait comme si elle avait été la première femme qu'il touchait. Il se montra maladroit pour enlever sa jupe, mais finit par y parvenir, étonné par son système de fermeture. Il fut plus adroit pour faire remonter son pull-over par-dessus sa tête; elle n'avait plus sur elle que sa culotte. Alors, il se laissa tomber sur elle, baisant ses lèvres avec passion. Puis il ôta ses vêtements, et s'allongea de nouveau sur elle. Pendant leur étreinte, il saisit d'une main sa culotte et la fit glisser vers le bas en murmurant : « Tu es si délicate, si petite, je ne peux pas croire que tu aies un sexe. » Il écarta les jambes d'Hilda, juste pour l'embrasser. Elle sentait son membre raide contre son ventre, mais il s'en saisit et le fit disparaître entre ses jambes.

Hilda fut surprise de ce geste, de le voir refouler aussi cruellement son propre désir. On aurait dit qu'il prenait plaisir à se renier lui-même, tout en continuant à éveiller leurs sens jusqu'à la limite de leurs forces, par ses baisers.

Hilda gémissait à la fois de plaisir et d'attente

douloureuse. Il était là, sur elle, embrassant tantôt son sexe, tantôt sa bouche, transportant ainsi sur ses lèvres l'odeur de coquillage de son sexe, et les saveurs se mêlaient dans la bouche et l'haleine de Rango.

Mais il continuait à cacher son pénis et lorsqu'ils furent épuisés d'un plaisir jamais satisfait, il s'allongea sur elle et s'endormit comme un enfant, les poings fermés, la tête sur sa poitrine. De temps en temps, il la caressait en murmurant : « Tu ne peux pas avoir de sexe. Tu es trop fine, trop délicate... tu es irréelle. » Il garda sa main entre les jambes d'Hilda. Elle s'assoupit contre son corps, qui était deux fois comme le sien. Elle se sentait si frémissante qu'elle ne réussit pas à dormir.

Le corps de Rango avait l'odeur d'une forêt de bois précieux; ses cheveux sentaient le santal et sa peau le cèdre. On aurait cru qu'il avait passé sa vie au milieu des arbres et des plantes. Allongée à ses côtés, insatisfaite, Hilda sentait que la femelle en elle était en train d'apprendre à se soumettre au mâle, à obéir à ses désirs. Elle avait l'impression qu'il voulait encore la punir pour son geste de la nuit précédente, pour son impatience, pour cette initiative de chef. Il l'exciterait et la laisserait sur sa faim tant qu'il n'aurait pas brisé en elle toute sa volonté dominatrice.

Avait-il compris que cette tendance était involontaire, qu'elle n'était pas dans sa nature? Qu'il l'ait compris ou pas, il semblait tout à fait décidé à la briser. Ils se rencontrèrent encore et encore; chaque fois ils se déshabillaient, s'allongeaient l'un près de l'autre, s'embrassaient et se caressaient jusqu'au délire, et, chaque fois, il cachait sa verge entre ses jambes et tuait son désir.

Et, chaque fois, elle restait là, étendue, passive, ne laissant voir aucun désir, aucune impatience. Elle était dans un tel état d'excitation que tous ses sens étaient exacerbés. Elle avait l'impression d'avoir pris des drogues, qui rendaient son corps encore plus sensible aux caresses, au contact, à l'air lui-même. Le contact de sa robe sur sa peau était comme la caresse d'une main, excitant ses seins, ses cuisses, sans arrêt. Elle avait découvert un royaume nouveau, un royaume d'attente et d'attention, et d'éveil érotique, comme elle n'en avait jamais connu.

Un jour qu'elle marchait à ses côtés, elle perdit le talon de sa chaussure. Il dut la porter dans ses bras. Cette nuit-là il la prit, à la lueur des bougies. Tel un démon penché sur elle, les cheveux en bataille, ses yeux brûlants plongeant dans les siens, sa verge puissante martelant son sexe, le sexe de cette femme dont il avait d'abord exigé la soumission, la soumission à son désir, à son heure.

LA REINE

Le peintre était assis à côté de son modèle, mélangeant ses couleurs, et parlait des prostituées qui l'avaient troublé dans sa jeunesse. Le col de sa chemise était ouvert, dévoilant un cou puissant et lisse et une épaisse chevelure noire; sa ceinture était desserrée pour plus d'aisance; il manquait un bouton à son pantalon et il avait remonté les manches de sa chemise pour plus de liberté.

Il racontait :

« Je préfère la prostituée à toutes les autres femmes parce que je sens qu'elle ne va pas s'accrocher à moi, ni vouloir lier sa vie à la mienne. Cela me donne un sentiment de liberté. Je ne me sens pas obligé de lui faire l'amour. La femme qui m'a donné le plus de plaisir était une femme incapable de tomber amoureuse, qui se donnait comme une putain et qui méprisait les hommes auxquels elle se donnait. Cette femme avait été prostituée; elle était plus froide qu'une statue. Les peintres l'avaient découverte et l'employaient souvent comme modèle. C'était un modèle magnifique. Elle représentait l'essence même de la putain. D'une certaine manière, chez la prostituée, il se produit un phénomène particulier, né du constant désir dont son sexe est l'objet. Tout l'érotisme remonte à la surface. A force de vivre en permanence avec un pénis à l'intérieur d'elle-même, il se développe chez elle quelque chose de fascinant : son sexe semble toujours offert, parce qu'il semble toujours présent, sur la moindre parcelle de son corps.

« Curieusement, même la chevelure d'une putain est comme empreinte de sexe. Et les cheveux de cette femme... c'étaient les cheveux les plus sensuels que j'aie jamais vus. La Méduse devait avoir une chevelure comparable à la sienne, avec laquelle elle séduisait les hommes qui succombaient à son charme. Une chevelure vivante, lourde, à l'odeur âcre, comme si elle avait longtemps baigné dans le sperme. J'avais l'impression que ses cheveux avaient été enroulés autour d'un pénis et qu'ils s'étaient nourris de ses sécrétions. Et j'avais moi-même envie d'enrouler cette chevelure autour de mon sexe. Elle était chaude et musquée, luisante et épaisse. Comme la fourrure d'un animal. Elle se hérissait lorsqu'on la touchait. Rien que de passer mes doigts dans ses cheveux me faisait bander. J'aurais pu me contenter de caresser ses cheveux.

« Mais ses cheveux n'étaient pas tout. Sa peau était tout aussi érotique. Elle me laissait la caresser pendant des heures, comme un animal, étendue sur le dos, sans bouger, langoureuse... La transparence de sa peau révélait des petits fils bleu turquoise, qui s'entrelaçaient sur tout le corps, et j'avais l'impression de caresser non seulement une peau de satin, mais aussi des veines vivantes, si vivantes que je les sentais palpiter sous la peau. J'aimais m'allonger à ses côtés, pressant mon corps contre ses fesses, et la caresser pour sentir les contractions de ses muscles qui trahissaient son excitation.

« Sa peau était sèche, comme le sable du désert. Au début, quand nous nous allongions sur le lit, elle était fraîche, mais elle devenait très vite plus chaude, presque fiévreuse. Et ses yeux — impossible de décrire ses yeux, sauf peut-être en disant que c'étaient les yeux de l'orgasme. Son regard était si intense, si brûlant, si enflammé qu'il m'arrivait parfois de bander, simplement en la regardant droit dans les yeux, et j'avais alors l'impression que ses yeux vibraient tout autant que mon sexe. Par ses yeux seuls, elle répondait à mon désir — une réponse totalement sensuelle — comme si des ondes de fièvre les avaient traversés, des éclairs de folie... une force dévorante qui pouvait lécher un homme comme une flamme, et l'anéantir, avec un plaisir qu'il n'aurait jamais connu.

« C'était la reine des putains, Bijou. Oui, Bijou. Il y a quelques années, on pouvait encore la trouver à la terrasse d'un petit café de Montmartre, telle une Fatma orientale, pâle mais le regard brûlant. On aurait dit l'intérieur d'un vagin fait femme. Sa bouche, sa bouche ne vous faisait pas penser à une bouche que l'on embrasse, que l'on nourrit; à une bouche à qui l'on parle, une bouche qui forme des mots, qui vous salue — non, sa bouche avait les lèvres d'un sexe de femme, la même forme, la même façon de bouger, de vous attirer à elle, de vous exciter —, une bouche toujours humide, écarlate et vivante, comme les lèvres d'un sexe qu'on caresse... Le moindre mouvement de ses lèvres avait le pouvoir d'éveiller le même mouvement, la même ondulation dans le sexe de l'homme, comme par contagion — contagion directe et immédiate. Lorsqu'elle s'arrondissait, telle une vague prête à rouler et à vous engloutir, elle faisait naître des ondes, qui gonflaient votre sexe, parcouraient votre sang. Et lorsque ses lèvres étaient humides, elles faisaient aussitôt couler ma jouissance.

« D'une certaine manière, le corps de Bijou n'était que sensualité, exprimant avec génie toutes les formes du désir. Il était indécent, je vous l'assure. On avait constamment l'impression de lui faire l'amour en public, dans un café, dans la rue, devant tout le monde.

« Elle ne gardait rien pour la nuit, pour le lit. Tout était étalé au grand jour. C'était vraiment la reine des putains, vivant la possession à chaque instant de sa vie, même en mangeant; et lorsqu'elle jouait aux cartes, elle n'était jamais impassible, toute sensualité éteinte, comme le sont les autres femmes dont l'attention est captée par le jeu. On avait l'impression, à la façon dont ses fesses reposaient sur la chaise, qu'elle était prête à être possédée. Ses seins touchaient presque la table, tant ils étaient pleins. Et lorsqu'elle riait, on reconnaissait le rire sensuel d'une femme satisfaite, le rire d'un corps qui jouit de la vie par tous ses pores, un corps caressé par le monde entier.

« Dans la rue, alors que je marchais derrière elle, sans qu'elle s'en aperçoive, je remarquais que même les gosses la suivaient. Les hommes la suivaient avant même d'avoir vu son visage. Comme si elle avait laissé sur son passage une odeur d'animal. Etrange est l'effet que peut avoir sur un homme un véritable animal sexuel. La nature bestiale de la femme a toujours été si soigneusement déguisée — les lèvres, sa croupe et ses jambes dont on a fait un beau plumage, comme pour détourner l'homme de son désir au lieu de l'augmenter.

« Les femmes qui exposent sans complexe leur sensualité, qui laissent lire leur sexe sur leur visage, qui éveillent chez l'homme le désir de les posséder sur-le-champ; les femmes pour qui les vêtements ne sont qu'un moyen de mettre en valeur leurs formes, comme ces femmes qui portent des tournures pour faire ressortir leur derrière ou celles qui portent des corsets pour qu'on voie leurs seins dans leurs décolletés; les femmes qui vous jettent leur sexe à la figure, depuis leurs cheveux jusqu'à leurs yeux, leur nez, leur bouche, tout leur corps — voilà les femmes que j'aime.

« Les autres... il faut chercher si longtemps pour retrouver en elles l'animal. Elles l'ont délayé, déguisé, parfumé pour lui donner une autre odeur — laquelle? celle des anges?

116

« Laissez-moi vous raconter ce qui m'est arrivé un jour avec Bijou. Bijou était une femme sans parole. Elle me demanda de la peindre pour le bal des Beaux-Arts. C'était l'année où les peintres et leurs modèles devaient se déguiser en sauvages d'Afrique. Aussi Bijou me demanda-t-elle de la peindre d'une manière artistique, et, pour cela, vint me voir à mon atelier quelques heures avant le bal.

« Je me mis à dessiner sur son corps des motifs africains de ma propre invention. Elle se tenait debout, complètement nue devant moi, et je commençai par lui peindre les épaules et les seins, puis je dus m'accroupir pour lui peindre le ventre et le dos et enfin je me mis à genoux pour peindre la partie inférieure du corps et les jambes... je peignais avec amour, adoration, comme si j'accomplissais un acte de vénération.

« Elle avait un dos large et fort, comme le dos d'un cheval de cirque. J'aurais pu la monter sans qu'elle fléchisse le moins du monde sous le poids. J'aurais pu m'asseoir sur son dos et glisser, puis l'attaquer et la prendre par-derrière, comme avec un fouet. J'en avais envie. Et même plus, j'avais envie de pétrir ses seins jusqu'à enlever toute la peinture, de les caresser jusqu'à ce qu'ils soient propres pour que je les embrasse... Mais je me suis retenu et j'ai continué à la peindre en sauvage.

« A chacun de ses mouvements, les dessins aux couleurs vives changeaient de forme avec elle, telle une mer d'huile remplie de courants sous-marins. Les pointes de ses seins étaient dures comme des baies charnues sous le pinceau. Chaque courbe de son corps me ravissait. Je déboutonnai mon pantalon et laissai sortir ma verge. Elle ne me regarda même pas. Elle restait debout, sans bouger. Lorsque j'en arrivai aux hanches et à cette vallée qui va à la toison, elle comprit que je ne réussirais pas à terminer mon œuvre et me dit : « Tu vas tout gâcher si tu me touches. Tu ne « peux pas me toucher. Lorsque la peinture sera « sèche, tu seras le premier. Je t'attendrai au bal. « Mais pas maintenant. » Et elle me fit un sourire.

« Naturellement, je ne devais rien peindre sur son sexe. Bijou serait complètement nue, avec seulement l'illusion d'une feuille de vigne. Elle me permit d'embrasser son sexe — avec précaution, pour ne pas abîmer le vert jade et le rouge de Chine. Bijou était si fière de ses tatouages africains ! Maintenant elle ressemblait à une reine du désert. Ses yeux brillaient avec dureté, comme s'ils avaient été laqués. Elle secoua ses boucles d'oreilles, éclata de rire, se couvrit de sa cape et sortit. J'étais dans un tel état qu'il me fallut plusieurs heures pour me préparer pour le bal simplement pour teinter ma peau en brun foncé.

« Je vous ai déjà dit que Bijou n'avait pas de parole. Elle n'attendit même pas que la peinture fût sèche. Lorsque je suis arrivé au bal, j'ai pu voir que plus d'un s'étaient déjà risqués à laisser se reproduire sur leurs corps les tatouages de Bijou qui étaient maintenant complètement brouillés. La fête battait son plein. Partout des couples enlacés. C'était un véritable orgasme collectif. Et Bijou ne m'avait pas attendu. Lorsqu'elle se déplaçait, elle laissait derrière elle une mince traînée de semence, et j'aurais pu facilement la suivre n'importe où. »

LE CHANCHIQUITO

Laura se rappelle que lorsqu'elle avait environ
seize ans, son oncle ne cessait de lui raconter des
histoires sur la vie au Brésil où il avait vécu autrefois. Il se moquait des interdits des Européens. Il
affirmait qu'au Brésil les gens faisaient l'amour
comme des singes, aussi librement et aussi souvent; les femmes étaient accessibles et complai-
santes; chacun reconnaissait ses appétits sexuels.
Il aimait à rappeler en riant le conseil qu'il avait
donné à l'un de ses amis qui partait pour le Brésil.
Il lui avait dit :

« Il faut que tu emportes deux chapeaux.

— Pourquoi ? avait demandé son ami. Je ne
veux pas me surcharger de bagages.

— Malgré tout, avait répondu l'oncle de Laura,
il faut que tu prennes deux chapeaux. L'un d'eux
risque d'être emporté par le vent.

— Mais je peux bien le ramasser ? demanda l'ami.

— Au Brésil, répondit l'oncle, tu ne peux pas te baisser, ou alors... »

Il racontait aussi qu'au Brésil il y avait un animal appelé chanchiquito. Il ressemblait à un tout petit cochon avec un groin surdéveloppé. Le chanchiquito avait pour passion de se glisser sous les jupes des femmes et d'enfouir son groin entre leurs cuisses.

Un jour, raconta son oncle, une dame de la haute aristocratie avait fait venir son avocat au sujet d'un testament. L'avocat était un vieux monsieur distingué aux cheveux blancs qu'elle connaissait depuis des années. C'était une veuve très réservée, distante, qui portait de somptueuses jupes de satin, un col et des poignets en dentelle soigneusement amidonnés, et une voilette sur le visage. Elle se tenait très droite sur son siège, comme les personnages des toiles académiques, une main posée sur son ombrelle et l'autre sur le bras du fauteuil. Ils s'entretenaient avec calme et sérieux sur certains détails du testament.

Le vieil avocat avait été autrefois amoureux de la dame, mais, malgré dix ans de cour assidue, il n'avait pu la conquérir. Aussi leurs voix étaient-elles empreintes maintenant d'un léger ton de flirt, mais un flirt digne et respectable, qui tenait plutôt de la galanterie d'autrefois.

Cet entretien avait lieu dans la maison de campagne de la dame. Il faisait très chaud et toutes les portes étaient ouvertes. On pouvait voir les collines au loin. Les serviteurs indiens étaient en train de procéder à la célébration de quelque cérémonie. Ils avaient entouré la maison de torches. Effrayé par le feu et fuyant le cercle de flammes, un petit animal s'était réfugié dans la maison. Deux minutes plus tard, la vieille dame distinguée hurlait en se tordant sur son fauteuil, prise d'une crise d'hystérie. On appela les serviteurs. On appela le guérisseur. Le guérisseur et la maîtresse de maison s'enfermèrent tous deux dans sa chambre. Lorsque le guérisseur sortit de la chambre, il tenait dans ses bras le chanchiquito, et le chanchiquito avait l'air épuisé.

Cette histoire avait impressionné Laura — la pensée de cet animal enfouissant sa tête entre ses cuisses. Elle qui avait même peur d'y mettre son doigt. Mais cette anecdote lui avait révélé qu'entre les cuisses d'une femme il y avait assez de place pour le long museau d'un animal.

Puis, un jour, pendant les vacances, alors qu'elle était allongée sur la pelouse avec des amis, riant de quelque plaisanterie, un gros chien policier s'était jeté sur elle, reniflant ses vêtements, et avait collé son museau entre ses jambes. Laura avait crié et l'avait repoussé. Mais à la peur s'était aussi mêlée l'excitation.

Et voilà que Laura était maintenant allongée sur un lit bas et large, la jupe relevée, les cheveux défaits, et du rouge inégalement étalé sur ses lèvres. A ses côtés, un homme deux fois plus fort qu'elle, dans une tenue d'ouvrier, avec un pantalon en velours côtelé, une veste de cuir et une chemise ouverte sur la poitrine.

Elle se souleva légèrement pour l'observer. Ses pommettes étaient si hautes qu'on avait toujours l'impression qu'il riait, et ses yeux, dont les coins se relevaient sur les tempes, étaient perpétuellement rieurs. Ses cheveux ne semblaient pas coiffés et il fumait avec nonchalance.

Jan était un artiste qui se moquait de la faim, du travail, de l'esclavage et de tout le reste. Il préférait être clochard plutôt que de renoncer à la liberté de dormir quand il en avait envie, de manger ce qu'il pouvait à l'heure qui lui convenait, de peindre seulement quand il en ressentait un violent désir.

La pièce était remplie de ses tableaux. Sa palette était encore humide de peintures. Il avait demandé à Laura de poser pour lui et s'étais mis au travail avec enthousiasme, oubliant qu'elle était une femme pour ne plus voir que la forme de sa tête, et son cou trop fin pour la supporter, ce qui donnait à Laura un air de fragilité presque effrayante. Elle s'était jetée sur le lit et lui s'était mis à étudier la pose. Elle regardait le plafond tout en posant.

Ils se trouvaient dans une très vieille maison : la peinture était écaillée et les plâtres très inégaux. Et, tandis qu'elle fixait le plafond, ce plâtre rugueux et tombé par endroits prenait tout à coup toutes sortes de formes. Elle sourit. Là, dans ce mélange de lignes, de trous et de bosses, se lisaient toutes sortes de dessins.

Elle avait dit à Jan : « Quand tu auras terminé

ton travail, j'aimerais que tu dessines pour moi quelque chose au plafond, quelque chose qui s'y trouve déjà, si tu peux le voir comme je le vois... »

Cette réflexion avait éveillé la curiosité de Jan, qui, de toute façon, n'avait plus envie de travailler. Il en arrivait à la phase la plus difficile et la plus déconcertante : celle des mains et des pieds; ces derniers ne cessaient de lui échapper, et la plupart du temps, il finissait par les envelopper dans un nuage informe, comme s'il avait peint un infirme; il laissait le dessin là où il l'avait arrêté — un corps —, un corps sans pieds pour s'enfuir, sans mains pour caresser.

Il se mit alors à étudier le plafond. Pour cela il s'allongea aux côtés de Laura et l'observa avec attention afin d'y retrouver les formes qu'elle y avait devinées et qu'elle lui montrait avec l'index :

« Regarde, regarde, là... vois-tu une femme allongée sur le dos?... »

Jan se souleva à moitié sur le lit — le plafond était très bas à cet endroit, la chambre étant mansardée — et se mit à dessiner sur le plâtre avec son fusain. Il commença par dessiner la tête de la femme et ses épaules, puis il découvrit le contour des jambes qu'il suivit avec son fusain, jusqu'aux orteils.

« La jupe, la jupe, je vois la jupe, dit Laura.

— Je la vois ici », dit Jan, dessinant une jupe de toute évidence relevée, et qui laissait jambes et cuisses nues. Puis Jan passa une ombre sur la toison du sexe, avec une grande application, comme s'il avait peint de l'herbe feuille par feuille, traçant avec minutie la ligne où les cuisses se rejoignaient. Et voilà que la femme était maintenant entièrement dessinée, là, au plafond, étendue sans la moindre honte, et Jan la contemplait avec une lueur d'excitation, que Laura sut lire dans ses yeux d'un bleu intense; et elle en fut jalouse.

Pour le troubler dans sa contemplation elle dit : « Je vois un petit animal tout près d'elle, qui ressemble à un cochon. »

Fronçant les sourcils, Jan fit un effort pour en deviner le contour, mais il ne voyait rien. Il se mit à dessiner, au hasard, suivant les lignes brouillées et les aspérités du plâtre, et, peu à peu, on put distinguer la forme d'un chien, qui avait grimpé sur le corps de la femme; d'un dernier trait de fusain plein d'ironie, Jan dessina le sexe pointu du chien qui touchait presque la toison de la femme.

Laura dit :

« Je vois un autre chien.

— Je ne le vois pas », répondit Jan, et il s'allongea complètement sur le lit pour admirer son œuvre, tandis que Laura s'était soulevée et dessinait un autre chien qui grimpait sur le chien de Jan, par-derrière, dans la position la plus classique, les longs poils de sa tête disparaissant dans le dos de l'autre chien, comme s'il avait voulu le dévorer.

Puis, le fusain à la main, Laura se mit à la recherche d'un homme. Il lui fallait à tout prix un homme dans le tableau. Elle voulait pouvoir regarder un homme pendant que Jan regardait la femme à la jupe relevée. Elle commença à dessiner, avec précaution, car on ne pouvait pas inventer les lignes et si elles étaient trop incertaines ou trop marquées, épousant les aspérités du plâtre, elle pourrait se retrouver avec un arbre, un buisson ou un singe. Mais, tout doucement, le buste d'un homme se fit plus distinct. Effectivement, c'était un homme sans jambes avec une petite tête, mais tout cela était amplement compensé par la taille de son sexe qui, de toute évidence, se trouvait d'humeur agressive devant le spectacle des chiens accouplés presque au-dessus de la femme allongée.

Laura était maintenant satisfaite et s'étendit de nouveau sur le dos. Tous deux regardaient en riant leurs dessins, et, sans quitter le plafond des yeux, Jan se mit à explorer de ses mains puissantes et encore pleines de peinture sous la jupe de Laura, comme s'il avait voulu la dessiner, suivant chaque contour de son crayon, caressant amoureusement chaque ligne, remontant lentement le long des jambes, s'assurant bien d'avoir caressé chaque courbe, de ne pas avoir laissé échapper la moindre parcelle de peau.

Les jambes de Laura étaient à demi serrées l'une contre l'autre, comme celles de la femme au plafond, les pointes des pieds tendues comme celles d'une ballerine, si bien que, lorsque la main de Jan atteignit ses cuisses, il dut forcer un peu pour les écarter. Laura résistait, comme si elle ne désirait être que la femme du plafond, offerte simplement aux regards, le sexe fermé, les jambes serrées. Jan s'efforçait de faire fondre cette raideur, cette dureté, avec la plus grande douceur, la plus grande patience, par de petits cercles magiques sur la peau, comme si ses doigts pouvaient provoquer des remous dans le sang, de plus en plus rapides.

Sans quitter la femme des yeux, Laura écarta les jambes. Elle sentait quelque chose sur ses hanches tout comme la femme du dessin sentait le sexe dur du chien contre les siennes et elle avait l'impression que les chiens étaient vraiment accouplés sur elle. Jan s'aperçut que ce n'était pas lui qu'elle sentait mais le dessin. Il la secoua avec colère, et, comme pour la punir, il la prit avec une telle force, pendant si longtemps et avec tant de passion qu'elle dut finalement crier pour être délivrée. En cet instant plus personne ne regardait le plafond. Ils étaient emmêlés dans les couvertures, à moitié couverts, jambes et têtes confondues. Et, dans cette position, ils s'endormirent tandis que les peintures séchaient sur la palette.

L'ODEUR DE SAFRAN

FAY était née à La Nouvelle-Orléans. A seize ans, elle fut courtisée par un homme de quarante ans dont elle admirait la distinction et les manières aristocratiques. Fay était pauvre. Les visites d'Albert étaient un événement pour la famille. Pour lui, on masquait tant bien que mal la pauvreté. Il représentait avant tout le libérateur, qui parlait à Fay d'une vie qu'elle n'avait jamais connue, à l'autre bout de la ville.

Ils se marièrent et Fay fut installée comme une princesse dans sa demeure, située au milieu d'un immense parc. De très belles femmes de couleur s'occupaient d'elle. Albert la traitait avec une délicatesse extrême.

Le premier soir, il ne la prit pas. Il prétendait que c'était une preuve d'amour que de ne pas s'imposer à sa femme, mais au contraire de l'amener doucement, par une cour subtile, à avoir envie d'être possédée.

Il venait dans sa chambre et se contentait de la caresser. Ils s'allongeaient sous la moustiquaire blanche dont ils s'enveloppaient comme d'un voile de mariée, et restaient là, dans la nuit chaude, à s'embrasser et à se caresser amoureusement. Fay se sentait envahie de langueur, comme droguée. A chacun de ses baisers, il donnait naissance à une femme nouvelle, à une nouvelle sensibilité. Lorsqu'il la quittait, elle était agitée et incapable de dormir. Elle avait l'impression qu'il avait allumé de petits feux sous sa peau, comme de minuscules courants qui la tenaient éveillée.

Elle dut subir ces délicieux tourments pendant plusieurs nuits. Comme elle manquait totalement d'expérience, elle n'essayait même pas de l'amener à la possession. Elle cédait à cette profusion de baisers dans les cheveux, dans le cou, sur les épaules, les bras, le dos, les jambes... Albert prenait plaisir à l'embrasser jusqu'à ce qu'elle gémisse, comme s'il était alors certain d'avoir éveillé une parcelle de sa chair; puis il faisait glisser plus loin ses lèvres.

Il découvrit la sensibilité vibrante de la peau, sous les bras, juste à la naissance des seins, et les ondes qui couraient entre le bout des seins et le sexe, entre les lèvres et le sexe, tous ces liens mystérieux qui provoquaient l'excitation d'une partie du corps autre que celle caressée par les lèvres, tous ces courants qui partaient de la racine des cheveux et descendaient le long de la colonne vertébrale. Il accompagnait chaque baiser de mots d'amour, remarquant les petites fossettes à la chute des reins, et la fermeté de ses fesses, et son dos si arqué qu'il rejetait en arrière ses fesses — « comme celles d'une Noire », disait-il.

Il entourait ses chevilles de ses doigts, s'attardait sur ses pieds, qui étaient aussi parfaits que ses mains, caressait sans jamais se lasser les douces lignes sculpturales de son cou, et se perdait dans sa longue et abondante chevelure.

Elle avait les yeux en amande d'une Japonaise, et des lèvres charnues, toujours entrouvertes. Ses seins se soulevaient sous ses baisers, tandis qu'il laissait la marque de ses dents sur la courbe de ses épaules. Puis, dès qu'elle commençait à gémir, il la quittait, rabattant sur elle la moustiquaire avec soin, comme sur un trésor, l'abandonnant, tout humide de désir entre les cuisses.

Une nuit, comme toutes les nuits, comme elle ne pouvait s'endormir, elle s'assit sur son lit, nue. Lorsqu'elle se leva pour mettre son peignoir et ses pantoufles, une petite goutte de miel perla sur son sexe, roula le long de sa jambe et fit une tache minuscule sur le tapis blanc. Fay était déconcertée par la réserve d'Albert, par sa maîtrise de lui-même. Comment pouvait-il vaincre son désir et s'endormir après tous ces baisers et toutes ces caresses ? Il ne s'était même jamais déshabillé complètement. Elle n'avait jamais vu son corps.

Elle décida de quitter sa chambre et de marcher jusqu'à ce qu'elle fût calmée. Elle tremblait de tout son corps. Elle descendit lentement les escaliers et sortit dans le parc. Elle fut presque étourdie par le parfum des fleurs. Les branches des arbres la caressaient avec douceur et la mousse, dans les allées, rendait ses pas absolument silencieux. Elle avait l'impression de rêver. Pendant un long moment, elle erra, sans but. Puis, soudain, un bruit la fit sursauter. C'était un gémissement, un gémissement régulier, comme la complainte d'une femme. Entre les branches, la lumière du clair de lune lui laissa deviner le corps d'une femme noire étendu sur la mousse et celui d'Albert, couché sur elle. Ses gémissements étaient ceux du plaisir. Albert était couché sur elle, comme une bête sauvage, et la martelait de ses assauts. Lui aussi laissait échapper des cris étouffés; là, sous les yeux de Fay, ils se tordaient sous la violence du plaisir.

Personne ne vit Fay. Elle ne cria pas. Tout d'abord, elle fut paralysée par la douleur. Puis elle courut jusqu'à la maison; elle se sentait coupable de sa jeunesse, de son inexpérience; elle doutait d'elle-même, et ce doute la torturait. Etait-ce de sa faute? Que lui avait-il manqué pour plaire à Albert? Pourquoi l'avait-il délaissée pour cette femme de couleur? La scène sauvage du parc la hantait. Elle s'en voulait de succomber au charme de ses caresses et peut-être de ne pas faire ce qu'il aurait désiré qu'elle fît. Elle se sentait condamnée par sa propre féminité.

Albert aurait pu lui apprendre. Il avait dit qu'il l'amènerait doucement... à attendre. Il avait seulement murmuré quelques mots. Elle était prête à lui obéir. Elle était consciente de la maturité d'Albert et de sa propre innocence. Elle avait espéré qu'il lui apprendrait.

Cette nuit-là, Fay devint une femme; pour sauver son bonheur avec Albert, elle préféra garder sa peine et faire preuve de sagesse et d'esprit. Alors qu'il était allongé à ses côtés, elle lui murmura : « J'aimerais que tu te déshabilles. »

Il parut surpris, mais il accepta. C'est alors qu'elle put voir son corps jeune et mince tout contre elle, et ses cheveux très blancs briller sous la lumière; un curieux mélange de jeunesse et de maturité. Il commença à l'embrasser, tandis qu'elle dirigeait timidement sa main vers son corps. Au début, elle se sentait effrayée. Elle caressa sa poitrine. Puis ses hanches. Il continuait de l'embrasser. Tout doucement, elle fit glisser sa main jusque sur sa verge. Il fit un mouvement pour s'en écarter. Son membre était mou. Il se mit alors à l'embrasser entre les cuisses. Il ne cessait de lui murmurer la même phrase à l'oreille : « Tu as le corps d'un ange. Un corps comme le tien ne peut pas avoir de sexe. Tu as le corps d'un ange. »

Fay sentit monter en elle la colère comme une fièvre, à le voir ainsi soustraire son sexe à ses caresses. Elle se redressa, ses cheveux en désordre tombant sur ses épaules et lui dit : « Je ne suis pas un ange, Albert. Je suis une femme. Je veux que tu m'aimes comme une femme. »

Alors suivit la nuit la plus triste que Fay ait jamais connue; Albert essaya en vain de la posséder et n'y parvint pas. Il guidait les mains de Fay jusque sur sa verge. Celle-ci se faisait plus dure et il tentait de la placer entre ses jambes, mais elle ramollissait aussitôt entre ses doigts.

Il était tendu, silencieux. Fay pouvait lire le tourment sur son visage. Il essaya plusieurs fois. Il lui disait toujours : « Attends un petit peu, encore un peu. » Il prononçait ces mots si humblement, si doucement. Et Fay demeura là, allongée, toute la nuit, trempée de désir, dans l'attente, et, toute la nuit, il tenta de vains assauts pour la posséder, puis battait en retraite, et finissait par l'embrasser comme pour se faire pardonner. Fay se mit à sangloter.

Cette scène se renouvela pendant deux ou trois nuits, puis Albert finit par ne plus venir du tout dans sa chambre.

Et presque chaque soir, Fay pouvait voir des ombres dans le parc, des ombres enlacées. Elle avait peur de quitter sa chambre. Le sol était couvert de moquette, qui étouffait le bruit des pas et un jour elle surprit dans l'escalier Albert qui montait derrière l'une des jeunes Noires en promenant sa main sous sa jupe à volants.

Fay était obsédée par les gémissements qu'elle avait entendus. Ils lui revenaient constamment à l'oreille. Un jour, elle marcha jusqu'aux appartements des filles de couleur, situés dans une petite maison séparée, et écouta. Elle entendit ces mêmes gémissements. Elle éclata en sanglots. Une porte s'ouvrit. Ce n'était pas Albert, mais l'un des jardiniers noirs. Il trouva Fay en sanglots.

Cependant Albert finit un jour par la prendre, et dans les circonstances les plus curieuses. Ils donnaient une soirée pour des amis espagnols. Bien qu'elle fît rarement des achats, Fay se rendit ce jour-là en ville pour y acheter une qualité spéciale de safran pour le riz, une marque très extra-ordinaire qui venait juste d'arriver d'Espagne par cargo. Elle aimait acheter le safran fraîchement déballé. Elle avait toujours adoré les odeurs des quais et des docks. Lorsqu'on lui tendit les petits paquets de safran, elle les rangea aussitôt dans son sac, qu'elle tenait sous le bras, contre la poitrine. Le parfum était très puissant; il imprégna ses vêtements, ses mains, tout son corps.

Lorsqu'elle arriva à la maison, Albert l'atten-dait. Il s'avança jusqu'à la voiture et l'aida à sor-tir, gaiement. Fay se jeta de tout son poids dans ses bras et il s'exclama : « Tu sens le safran ! »

Elle remarqua une lueur toute particulière dans ses yeux, tandis qu'il pressait son visage contre sa poitrine pour la sentir. Puis il l'embrassa. Il la suivit jusque dans sa chambre où elle jeta son sac sur le lit. Le sac s'ouvrit. L'odeur du safran emplit toute la pièce. Albert la fit s'allonger sur le lit et, sans baisers ni caresses, il la prit.

A la fin il lui dit, rayonnant de joie :

« Tu as l'odeur des femmes de couleur. » Le charme était rompu.

MANDRA

Les gratte-ciel illuminés scintillent comme des arbres de Noël. Des amis m'ont invitée à séjourner quelque temps avec eux au Plaza. Le luxe me berce et je suis là, allongée sur un lit moelleux, malade d'ennui, comme une fleur dans une serre. Je pose mes pieds sur des tapis moelleux. New York me rend fébrile — cette grande cité babylonienne.

Je vois Lilian. Je ne l'aime plus. Il y a ceux qui dansent, et ceux qui se contorsionnent. J'aime ceux qui dansent, avec grâce. Je vais revoir Mary. Peut-être, cette fois-ci, serai-je moins timide. Je me souviens qu'un jour, à Saint-Tropez, nous nous étions rencontrées par hasard dans un café. Elle m'avait invitée à venir chez elle le soir.

Mon amant, Marcel, devait rentrer chez lui ce soir-là; il habitait très loin. J'étais libre. Je le quittai à onze heures et me rendis chez Mary. Je portais ma robe de cretonne espagnole à volants, avec une fleur dans les cheveux; j'étais dorée par le soleil et me sentais très en beauté.

Lorsque j'arrivai, Mary était allongée sur son lit en train de se passer une crème sur le visage, sur les jambes et sur les épaules, car elle s'était long-temps exposée au soleil. Elle enduisait de crème sa gorge et son cou — elle était couverte de crème.

Je fus déçue de la trouver ainsi. Je me suis assise au pied du lit et nous avons bavardé. Je n'avais plus envie de l'embrasser. Elle essayait de fuir son mari. Elle ne l'avait épousé que par besoin de protection. Elle n'avait jamais vraiment aimé les hommes; elle préférait les femmes. Au début de leur mariage, elle lui avait raconté des tas d'histoires sur sa vie, qu'elle aurait dû garder pour elle — comment elle avait été danseuse à Broadway, n'hésitant pas à coucher avec des hom-mes lorsqu'elle manquait d'argent; et comment elle s'était même retrouvée dans un bordel pour gagner sa vie; puis comment elle avait rencontré un homme qui était tombé amoureux d'elle et l'avait entretenue pendant plusieurs années. Son mari ne se remettait pas de ces aveux. Ils avaient éveillé sa jalousie et fait naître des doutes, si bien que leur vie était devenue intolérable.

Le lendemain de notre rencontre, elle avait quitté Saint-Tropez et j'étais pleine de regrets de ne pas l'avoir embrassée. Et voilà que j'allais la revoir.

A New York, je déploie largement mes ailes de coquetterie et de vanité. Mary est toujours aussi jolie et semble très émue de me voir. Elle est toute douceur et rondeurs. Ses yeux sont immenses et transparents; son teint éclatant. Sa bouche est charnue; sa chevelure blonde et abondante. Elle dégage une certaine langueur, une impression de passivité, d'indolence. Nous allons ensemble au cinéma. Dans l'obscurité, elle se saisit de ma main.

Elle est en traitement chez un psychanalyste et vient de découvrir ce que j'avais deviné il y a des années : à trente-quatre ans, elle n'a jamais connu le véritable orgasme malgré une vie sexuelle dont seul un expert-comptable pourrait suivre les progrès. Je suis amenée à découvrir son jeu. Elle est toujours gaie, souriante mais, sous cette apparence, elle reste irréelle, détachée et lointaine. Elle agit comme une somnambule. Et elle essaie de se réveiller en tombant dans le lit du premier qui l'invite.

Mary me dit : « C'est très difficile de parler de la sexualité; j'ai honte. » Elle n'éprouve aucune honte à agir, mais elle a honte d'en parler. Mais avec moi elle réussit à parler. Nous passons des heures dans des lieux parfumés où l'on joue de la musique. Elle aime les endroits où les artistes se rencontrent.

Entre nous deux passe un courant, une attraction purement physique. Nous sommes toujours sur le point de coucher ensemble. Mais elle n'est jamais libre le soir. Elle ne veut pas que je rencontre son mari. Elle a peur que je le séduise.

Elle me fascine parce qu'elle respire la sensualité. Déjà, à huit ans, elle avait séduit une de ses cousines plus âgée.

Nous partageons les mêmes goûts pour l'élégance, les parfums et le luxe. Elle est paresseuse, lascive — elle vit comme une plante, absolument. Je n'ai jamais vu femme plus abandonnée. Elle dit qu'elle espère trouver l'homme qui l'éveillera. Il faut qu'elle évolue dans une atmosphère sensuelle, même si elle ne ressent rien. C'est son élément. Une de ses expressions favorites est : « En ce temps-là, je couchais avec tout le monde. »

Lorsque nous parlions de Paris et de nos connaissances communes, elle avait l'habitude de dire : « Celui-là, je ne le connais pas, je n'ai pas couché avec lui. » Ou bien : « Oh! oui, c'était un merveilleux amant. »

Je ne l'ai jamais entendue refuser — tout en étant frigide! Elle trompe tout le monde, et d'abord elle-même. Elle paraît si ouverte, si mouillée de désir que les hommes la croient toujours au bord de l'orgasme. Mais il n'en est rien. Sous un masque de calme et d'entrain se dissimule une profonde détresse. Elle boit et ne dort qu'avec des somnifères. Elle ne cesse de manger des bonbons, comme une écolière. Elle a l'air d'avoir vingt ans — manteau ouvert, chapeau à la main, cheveux défaits.

Un jour, elle se laisse tomber sur mon lit et ôte ses chaussures. Elle regarde ses jambes en disant :

« Elles sont trop grosses. On dirait celles d'un Renoir; on me l'a dit un jour à Paris.

— Mais je les aime, lui dis-je. Je les aime.

— Est-ce que tu aimes mes nouveaux bas? »
Elle relève sa jupe pour me les montrer.

Elle me demande un whisky. Puis elle décide de prendre un bain. Elle emprunte mon peignoir. Je sais qu'elle cherche à m'exciter. Elle sort de la salle de bain le peignoir ouvert, encore toute mouillée. Ses jambes sont toujours légèrement écartées. Elle a tellement l'air d'être au bord de l'orgasme que l'on ne peut s'empêcher de penser qu'une simple caresse la ferait éclater. Lorsqu'elle s'assoit sur le lit pour remettre ses bas, je ne peux plus me retenir. Je m'agenouille à ses pieds et pose ma main sur la toison de son sexe. Je la caresse tout doucement en murmurant : « Le petit renard argenté, le petit renard argenté. Si doux, si beau. Oh! Mary! je ne peux pas croire que tu ne ressentes rien, là, tout au fond. »

Elle semble sur le point de sentir quelque chose; sa chair s'ouvre comme une fleur, ses jambes s'écartent un peu plus. Sa bouche est si humide, si prête au baiser, comme doivent l'être les lèvres de son sexe. Elle écarte les jambes et me laisse regarder. Je touche délicatement ses petites lèvres en les écartant pour voir si elles sont mouillées. Elle vibre lorsque je caresse son clitoris, mais je veux qu'elle découvre un orgasme plus profond.

J'embrasse son clitoris, encore humide après son bain; les poils de son pubis sont trempés, comme des algues marines. Son sexe a le goût d'un coquillage, d'un merveilleux coquillage, frais et salé. Oh! Mary! mes doigts se font plus rapides. Elle se renverse en arrière sur mon lit, m'offrant son sexe, ouvert et mouillé, comme un camélia, comme des pétales de rose, comme du velours, du satin. Il est rose et tout neuf, comme si jamais personne ne l'avait touché. On dirait le sexe d'une adolescente.

Ses jambes pendent sur le bord du lit. Son sexe est ouvert; je peux le mordre, l'embrasser, y glisser ma langue. Elle ne bouge pas. Son petit clitoris durcit comme la pointe d'un sein. Ma tête, entre ses deux jambes, est prise dans le plus délicieux des étaux, un étau de chair soyeuse et légèrement salée.

Mes mains se promènent sur ses seins lourds, les caressent. Elle se met à gémir faiblement. Maintenant, elle fait glisser ses mains vers son sexe qu'elle caresse en même temps que moi. Elle aime que je la touche à l'orifice du sexe, juste sous le clitoris. Elle me le montre de son doigt. C'est là que j'aimerais enfoncer un pénis et le remuer jusqu'à ce qu'elle hurle de plaisir. Je place ma langue à l'orifice et je l'enfonce aussi loin que je peux. Je prends ses fesses dans mes mains, comme un énorme fruit et je les pousse vers ma bouche, et, tandis que ma langue joue sur les lèvres de son sexe, mes doigts pétrissent la chair de sa croupe, se promènent sur ses fermes rondeurs, et mon index rencontre le petit trou de l'anus, où il s'enfonce doucement.

Soudain Mary sursaute — comme si j'avais provoqué une décharge électrique. Elle fait jouer ses muscles pour retenir mon doigt. Je l'enfonce plus loin tout en continuant à remuer ma langue dans son sexe. Elle commence à gémir; son corps se met à onduler.

Lorsqu'elle pousse vers le bas, elle rencontre les pressions de mon doigt, et lorsqu'elle se soulève celles de ma langue. A chacun de ses mouvements, elle sent que j'accélère mon rythme jusqu'à provoquer un long spasme et qu'elle se mette à roucouler comme un pigeon. Dans mon doigt je sens les palpitations de son plaisir, toujours renouvelées, une fois, deux fois, trois, jusqu'à l'extase.

Puis elle retombe, haletante : « Oh! Mandra, que m'as-tu fait, que m'as-tu fait? » Elle m'embrasse et avale le miel salé qui coule de ma bouche. Sa poitrine se presse contre la mienne; elle murmure : « Oh! Mandra, qu'as-tu fait?... »

Un soir, je suis invitée chez un jeune couple de la haute société, les H... On a l'impression d'être sur un bateau, car leur appartement est situé au bord de l'East River; les péniches passent tandis que nous bavardons, la rivière est vivante et Miriam est merveilleuse à regarder, une vraie Brunhilde, à la poitrine opulente et à la chevelure éclatante, avec une voix qui vous envoûte. Son mari, Paul, est de petite taille; il appartient à la race des lutins; ce n'est pas un homme, c'est un faune — un animal lyrique, vif et plein d'humour. Il me trouve très belle. Il me traite comme un objet d'art. Le serviteur noir ouvre la porte. Paul s'exclame en me voyant avec ma mantille à la Goya et ma fleur rouge dans les cheveux; il me pousse dans le salon pour me montrer à tout le monde. Miriam est assise les jambes croisées sur un divan de satin pourpre. Elle possède une beauté naturelle alors que moi, qui ne suis qu'une beauté artificielle, j'ai besoin d'un certain cadre et d'une certaine chaleur pour m'épanouir.

Leur appartement est garni de meubles que je trouve personnellement très laids — chandeliers d'argent, tables-jardinières, énormes poufs recouverts de satin couleur de mûres, objets rococo et autres bibelots très chics rassemblés là avec un humour un peu snob, comme pour dire : « Nous nous amusons de tout ce que peut inventer la mode, nous sommes au-dessus de tout cela! »

Chacun de leurs gestes s'accompagne d'une insolence aristocratique à travers laquelle je peux deviner la vie fabuleuse que les H... ont menée à Rome, à Florence; les nombreuses photos de Miriam dans *Vogue,* portant des robes Chanel; la grandeur pompeuse de leurs familles; leurs efforts pour mêler l'élégance à la bohème; et leur obsession de ce mot, qui semble être la clef de la vie mondaine, « amusant » — tout doit être « amusant ».

Miriam me conduit dans sa chambre pour me montrer le nouveau maillot de bain qu'elle vient d'acheter à Paris. Pour cela, elle se déshabille complètement et prend un long morceau de tissu dans lequel elle commence à s'enrouler, comme les Balinaises dans leurs paréos.

Sa beauté m'éblouit. Elle ôte son paréo et traverse la pièce, toute nue, en disant :

« J'aimerais te ressembler. Tu es si délicate, si menue. Je suis si grosse.

— Mais c'est justement cela que j'aime en toi, Miriam.

— Oh! ton parfum, Mandra! »

Elle penche sa tête sur mon épaule pour sentir ma peau sous mes cheveux.

Je pose ma main sur son épaule.

« Tu es la plus belle femme que j'aie jamais vue, Miriam. »

Paul nous appelle : « Quand aurez-vous fini de parler chiffon là-dedans? je m'ennuie! »

Miriam répond : « Nous arrivons », tout en enfilant très vite un pantalon. Lorsqu'elle sort, Paul lui dit : « Voilà que tu t'es mise en tenue d'intérieur alors que je désire t'emmener entendre l'Homme à la Corde. Il chante de merveilleuses chansons à propos d'une corde et finit par se pendre avec. »

Miriam dit : « Oh! ce n'est rien. Je m'habille tout de suite », et se dirige vers la salle de bain.

Je reste avec Paul, mais, très vite, Miriam m'appelle : « Mandra, viens ici me parler un peu. »

Je pense la trouver déjà presque habillée, mais non, elle est entièrement nue dans la salle de bain, en train de se maquiller et de se poudrer.

Elle est aussi plantureuse qu'une reine du burlesque. Au moment où elle se met sur la pointe des pieds pour maquiller ses cils avec plus de soin, je suis de nouveau troublée par son corps. Je m'approche d'elle par-derrière pour mieux la contempler.

J'ai un peu honte. Elle n'est pas aussi provocante que Mary. En réalité, elle est asexuée, comme les femmes assises sur les bancs des bains turcs et qui n'ont pas conscience d'être nues. Je risque un baiser furtif sur son épaule. Elle me sourit et me dit : « J'aimerais que Paul soit moins irascible. J'aurais aimé que tu essaies mon maillot de bain. J'adorerais te voir le porter. » Elle me rend mon baiser, sur la bouche, en faisant attention de ne pas abîmer son rouge à lèvres. Je ne sais plus quoi faire. J'ai envie de la serrer contre moi. Je reste près d'elle.

Soudain, Paul fait irruption dans la salle de bain sans frapper et dit : « Miriam, comment peux-tu te promener ainsi ? Il ne faut pas faire attention, Mandra. C'est son habitude. Elle a toujours besoin de se promener toute nue. Habille-toi, Miriam. »

Miriam va dans sa chambre et enfile une robe, sans rien dessous, se couvre d'une cape de renard et dit : « Je suis prête. »

Dans la voiture, elle pose sa main sur la mienne. Puis elle la fait glisser sous sa fourrure jusque dans une poche de sa robe, et je sens tout à coup son sexe sous mes doigts. Nous roulons dans le noir.

Miriam dit qu'elle aimerait d'abord faire un tour dans le parc. Elle a besoin d'air. Paul désire se rendre directement au night-club, mais il cède et nous traversons le parc, avec ma main sur le sexe de Miriam, le caressant tout en sentant monter en moi une excitation qui m'empêche presque de parler.

Miriam ne cesse de parler, avec beaucoup d'esprit. Je pense en moi-même : « Très bientôt, tu ne seras plus en mesure de parler. » Mais elle continue, tandis que je la caresse dans le noir, sous le satin et la fourrure. Je la sens remuer sous mes doigts, écartant légèrement ses jambes afin que je puisse glisser ma main tout entière entre ses cuisses. Puis elle se tend sous mes caresses, se raidit et je sais qu'elle est en train de jouir. Son plaisir est contagieux. L'orgasme éclate en moi sans le moindre attouchement.

Je suis si mouillée que j'ai peur que cela se voie à travers ma robe. Ce doit être la même chose pour Miriam. Nous gardons toutes deux nos manteaux en entrant dans le night-club.

Les yeux de Miriam sont brillants, et son regard profond. Paul nous quitte un moment et nous allons aux toilettes. Cette fois Miriam m'embrasse à pleine bouche, avec audace. Nous nous refaisons une beauté et regagnons notre table.

UNE FUGUE

Pierre partageait un appartement avec un homme beaucoup plus jeune que lui, Jean. Un jour, Jean ramena à la maison une toute jeune fille qu'il avait trouvée errant dans les rues. Il avait tout de suite vu que ce n'était pas une prostituée.

Elle avait à peine seize ans, une coupe de cheveux de garçon, une silhouette d'adolescente, et de tout petits seins pointus. Elle avait aussitôt répondu à Jean lorsque celui-ci lui avait adressé la parole, mais elle paraissait hébétée :

« Je me suis enfuie de chez moi, dit-elle.

— Et où allez-vous maintenant ? Avez-vous de l'argent ?

— Non, je n'ai pas d'argent et je ne sais pas où passer la nuit.

— Alors, suivez-moi, dit Jean. Je vous ferai un bon dîner et vous donnerai une chambre. (Elle le suivit avec une surprenante docilité.)

« Comment vous appelez-vous ?

— Jeannette.

— Oh ! nous faisons la paire. Je m'appelle Jean. »

L'appartement comprenait deux chambres avec deux grands lits. Jean avait eu tout d'abord l'intention de porter secours à la jeune fille et de se coucher dans le lit de Pierre. Ce dernier n'était pas encore rentré. Elle n'éveillait en lui aucun désir, mais plutôt une sorte de pitié à cause de son air de chien perdu. Il lui prépara à dîner. Puis elle lui dit qu'elle avait sommeil. Jean lui prêta un de ses pyjamas, lui montra sa chambre et la quitta.

Alors qu'il s'était installé depuis peu dans la chambre de Pierre, il l'entendit l'appeler. Elle était assise sur son lit comme une enfant épuisée, et le fit asseoir tout près d'elle. Elle lui demanda de l'embrasser pour lui souhaiter bonne nuit. Ses lèvres étaient inexpérimentées. Elle donna à Jean un baiser innocent, mais cette inexpérience excita Jean. Il fit durer le baiser et glissa sa langue un peu plus loin, dans sa petite bouche tendre. Elle le laissa faire, avec la même docilité que celle avec laquelle elle l'avait suivi dans la rue.

Jean se sentait de plus en plus excité. Il s'allongea à côté d'elle. Elle semblait contente. Il avait un peu peur de son très jeune âge, mais il ne pouvait pas croire qu'elle fût encore vierge. Sa façon d'embrasser ne constituait pas une preuve. Il avait connu bien des femmes qui ne savaient pas embrasser, mais qui savaient pourtant satisfaire un homme de bien d'autres manières et le retenir avec la plus grande hospitalité.

Il se mit à lui apprendre à embrasser. Il lui dit :

« Donne-moi ta langue, comme je t'ai donné la mienne. (Elle obéit.)

« Est-ce que tu aimes ça ? » Elle fit oui de la tête.

Puis, alors qu'il était allongé et la regardait, elle se souleva sur son coude et, avec le plus grand sérieux, tira sa langue et la plaça entre les lèvres de Jean.

Ce geste le ravit. C'était une bonne élève. Il lui demandait maintenant de remuer la langue, par petits coups rapides. Ils demeurèrent ainsi un long moment collés l'un à l'autre, avant que Jean n'ose tenter une autre caresse. Puis il s'intéressa à ses seins; elle se montra sensible à ses baisers légers, à ses petits pincements.

« Tu n'avais jamais embrassé un homme avant moi ? demanda-t-il, incrédule.

— Non, répondit la jeune fille avec le plus grand sérieux. Mais j'en ai toujours eu envie. C'est pour cela que je me suis enfuie. Je savais que ma mère continuerait à me cacher encore longtemps. Et, pendant ce temps, elle recevait des hommes chez nous. Je les entendais. Ma mère est une très belle femme, et il arrive souvent que des hommes s'enferment dans sa chambre avec elle. Mais jamais elle ne m'a permis de les rencontrer, ni même de sortir seule dans la rue. Et j'avais envie d'avoir des hommes pour moi toute seule.

— Des hommes ! dit Jean en riant, un seul ne suffit pas ?

— Je ne sais pas encore, répondit-elle avec le même sérieux, l'avenir me le dira. »

Jean se consacrait maintenant entièrement à ses petits seins fermes et pointus. Il les caressait et les couvrait de baisers. Jeannette l'observait avec beaucoup d'intérêt. Lorsqu'il s'arrêta pour se reposer, elle se mit soudain à déboutonner sa chemise pour coller ses jeunes seins sur sa poitrine et se frotter contre Jean, tel un chat langoureux et plein de volupté. Jean resta stupéfait par son talent d'amoureuse. Elle faisait de rapides progrès. Elle avait tout de suite su placer ses mamelons contre ses propres seins et les frotter contre sa poitrine pour l'exciter.

C'est alors qu'il la découvrit entièrement et commença à défaire la cordelette qui retenait son pyjama. Elle lui demanda d'éteindre la lumière.

Pierre rentra vers minuit et, lorsqu'il passa devant la chambre, il entendit les gémissements d'une femme, des gémissements de plaisir qu'il n'eut pas de mal à reconnaître. Il s'arrêta. Il pouvait imaginer la scène derrière la porte. Les gémissements étaient réguliers et ressemblaient parfois aux roucoulements d'une colombe. Pierre ne pouvait s'empêcher d'écouter.

Le lendemain, Jean lui raconta l'histoire de Jeannette. Il lui dit : « J'ai vu qu'elle était jeune, mais, contre toute attente, elle était... elle était vierge. Mais je n'ai jamais vu de tels dons pour l'amour. Elle est insatiable. Elle m'a déjà épuisé. »

Puis il partit travailler et ne rentra pas de toute la journée. Pierre resta seul dans l'appartement. A midi, Jeannette fit une timide apparition et demanda si elle pouvait déjeuner. Ils prirent ensemble leur repas. Après le déjeuner, elle disparut jusqu'au retour de Jean. Le même manège se renouvela le jour suivant. Et le suivant. Elle ne faisait pas plus de bruit qu'une souris. Mais chaque nuit, Pierre était tenu en éveil par les gémissements, les ronronnements, les roucoulements derrière la porte. Au bout de huit jours, il remarqua que Jean donnait des signes de fatigue. Il ne faut pas oublier que Jean avait deux fois l'âge de Jeannette, et que celle-ci, n'oubliant pas l'exemple de sa mère, cherchait certainement à la surpasser.

La neuvième jour, Jean ne rentra pas de la nuit. Jeannette vint réveiller Pierre. Elle était inquiète. Elle craignait que Jean n'ait eu un accident. Mais Pierre avait deviné la vérité. En réalité, Jean s'en était déjà lassé et envisageait d'aller voir sa mère pour la tenir au courant. Mais il n'avait jamais réussi à obtenir de Jeannette son adresse. Aussi s'était-il contenté de ne pas rentrer.

Pierre essaya de consoler Jeannette de son mieux, puis se recoucha. Jeannette faisait les cent pas dans l'appartement, prenait un livre, le reposait aussitôt, commençait à manger, téléphonait à la police. Toutes les heures, elle entrait dans la chambre de Pierre pour lui faire part de ses craintes, et elle restait là à le regarder, pensive et désemparée.

Elle finit par oser lui demander :

« Crois-tu que Jean désire ne plus me voir ? Penses-tu qu'il faudrait que je parte ?

— Je crois que tu devrais rentrer chez toi », dit

Pierre encore endormi, et indifférent à la jeune fille.

Mais, le lendemain, elle était toujours là, et quelque chose vint briser son indifférence.

Jeannette s'était assise au pied de son lit pour bavarder. Elle portait une robe si transparente qu'elle semblait seulement là pour retenir le parfum de sa peau. Un mélange de parfums, tenace et pénétrant. Pierre en saisissait chaque nuance — l'odeur forte, un peu âcre des cheveux; quelques gouttes de transpiration dans le cou, sous les aisselles, sous les seins; sa respiration, à la fois douce et acide, comme un mélange de miel et de citron; et, enfin, cette odeur de base, l'odeur de sa féminité, que la chaleur de l'été faisait ressortir, comme elle révélait le parfum des fleurs.

Il prit alors conscience de son propre corps, de la caresse du tissu de son pyjama sur sa peau; il remarqua que sa poitrine n'était pas couverte et que, peut-être, elle pouvait sentir son odeur comme il sentait la sienne.

Le désir l'envahit soudain avec violence. Il tira Jeannette jusqu'à lui, l'allongea à ses côtés et put sentir son corps à travers sa robe. Mais, au même moment, il se rappela comme Jean la faisait gémir et roucouler presque une heure, et se demanda s'il serait capable de tels exploits. Il n'avait jamais auparavant entendu d'aussi près un homme faire l'amour, jamais il n'avait été ainsi tenu éveillé par les gémissements de plaisir d'une femme. Il n'avait aucune raison de douter de sa puissance. Il avait eu de multiples preuves de son talent d'amant. Mais, pour la première fois, en caressant

Jeannette, un doute l'envahit — une crainte si profonde qu'elle tua son désir.

Jeannette fut stupéfaite de voir s'éteindre ainsi le désir de Pierre, en plein milieu de ses brûlantes caresses. Elle se sentit offensée. Elle n'avait pas assez d'expérience pour penser que cela pouvait arriver à n'importe quel homme dans certaines circonstances, aussi ne fit-elle rien pour ranimer sa flamme. Allongée sur le dos, elle poussa un soupir et regarda le plafond. Pierre se mit alors à l'embrasser sur la bouche, et elle y prit plaisir. Il releva sa robe légère, contempla ses jambes de jeune fille, fit glisser ses jarretelles. La vue de ses bas glissant le long de ses jambes et de son minuscule slip blanc, le contact de son sexe si petit sous ses doigts réveillèrent son désir et il eut envie de la prendre avec violence, à la voir ainsi abandonnée et tout humide de désir. Il enfonça en elle son sexe vigoureux et sentit toute l'étroitesse de son vagin. Il en était ravi. Tel un fourreau, le sexe de Jeannette se refermait sur sa verge, avec douceur, comme une caresse.

Il sentait renaître en lui toute sa vigueur, toute sa puissance habituelle. Il savait, par chaque mouvement qu'elle faisait, l'endroit exact où elle désirait qu'il la touche. Lorsqu'elle se pressa contre lui, il saisit de ses mains ses petites fesses rondes et, d'un doigt, caressa l'orifice. Elle fit un bond sous cette caresse mais ne laissa échapper aucun son.

Et Pierre attendait ce cri, ce cri de contentement, ce cri d'encouragement. Mais rien ne sortait de sa bouche. Pierre tendait l'oreille tout en continuant à lui faire l'amour.

Puis il s'arrêta, retira à moitié son pénis, et, de son gland, se mit à caresser, en petits cercles réguliers, l'orifice rosé du petit sexe de Jeannette.

Elle lui sourit, totalement abandonnée, mais n'émit pas le moindre gémissement. Ne prenait-elle aucun plaisir? Que faisait donc Jean pour lui arracher de tels cris de plaisir? Il essaya toutes les positions. Il lui souleva le buste, attirant son sexe jusqu'à lui et se mit à genoux pour mieux la sentir, mais elle n'émit pas le moindre son. Il la retourna et la prit par-derrrière. Ses mains étaient partout à la fois. Jeannette était haletante et trempée, mais toujours silencieuse. Pierre caressait ses petites fesses, ses petits seins, mordait ses lèvres, embrassait son sexe, la prenant tantôt avec violence, tantôt avec douceur, mais elle continuait de se taire.

En désespoir de cause, il finit par dire :

« Dis-moi quand tu me veux; dis-moi quand tu me veux.

— Viens maintenant, dit-elle aussitôt, comme si elle n'avait attendu que ce moment.

— Veux-tu vraiment? dit-il, rempli de doute.

— Oui », répondit-elle, mais sa passivité lui ôtait tous ses moyens. Il n'avait plus envie de jouir, de jouir de son corps. Il laissa mourir en elle son désir. Et il put lire la déception sur le visage de Jeannette.

Ce fut elle qui lui dit : « Je suppose que je te plais moins que les autres femmes. »

Pierre fut très surpris : « Bien sûr que tu me

plais, mais tu n'avais pas l'air de prendre du plaisir et cela m'a arrêté.

— Mais je prenais du plaisir, dit Jeannette, étonnée. Bien sûr que j'en prenais. J'avais seulement peur que Jean rentre et m'entende. Je me suis dit que, s'il me surprenait ici complètement muette, il pourrait peut-être penser que tu m'as prise de force. Mais si jamais il m'entendait crier, il saurait que j'y prends du plaisir et aurait de la peine, car il ne cesse de me répéter : « Comme ça « tu aimes, et comme ça, dis-le, crie-le, encore, tu « aimes ça, eh? Tu es prise, et tu aimes ça, alors « jouis, *dis*-le, *parle,* que ressens-tu? » Je suis incapable de lui dire ce que je *ressens,* mais cela me fait crier et il en est heureux; ça l'excite. »

Jean aurait dû se douter de ce qui allait se passer entre Jeannette et Pierre pendant son absence, mais il ne croyait pas que Pierre pût s'intéresser à elle : pour lui, elle était trop enfant. Aussi fut-il très surpris lorsqu'il rentra de découvrir que Jeannette était encore là et que Pierre était tout prêt à la consoler, à la sortir.

Pierre aimait acheter des vêtements à Jeannette. Il l'accompagnait dans les magasins et l'attendait pendant qu'elle essayait ses robes dans les petites cabines prévues à cet effet. Il prenait un plaisir immense à voir par la fente que laissait toujours un rideau tiré à la hâte, non seulement Jeannette, avec son corps d'adolescente se glissant dans toutes sortes de robes, mais aussi les autres femmes. Il restait tranquillement assis sur une chaise, en face des cabines d'essayage, et fumait. Derrière le rideau, il lui arrivait de surprendre une épaule, un dos nu, une jambe. Et la gratitude que Jeannette lui témoignait pour ses présents ne pouvait se comparer qu'à cette forme de coquetterie conventionnelle des stripteaseuses. A peine étaient-ils sortis du magasin qu'elle se collait à lui en marchant, et lui demandait : « Regarde-moi. N'est-elle pas magnifique ? » et elle gonflait sa poitrine de manière provocante.

Aussitôt montés dans un taxi, elle voulait qu'il palpe le tissu, qu'il apprécie les boutons, qu'il arrange l'encolure. Elle s'étirait de tout son corps voluptueusement pour montrer comme la robe lui allait bien; elle caressait le tissu comme si c'était sa propre peau.

Autant elle s'était montrée impatiente de porter la nouvelle robe, autant elle se montrait impatiente de l'enlever, de la faire toucher par Pierre, de le voir la froisser et la baptiser de son désir.

Elle se collait contre lui, dans sa nouvelle robe, qui la rendait encore plus vivante. Et lorsqu'ils arrivaient enfin chez eux, elle désirait s'enfermer avec Pierre dans la chambre; elle voulait que la robe lui appartienne comme son corps lui avait appartenu et Pierre ne se contentait plus de toucher, de caresser ses formes ondulantes : il voulait maintenant lui arracher sa robe. Et, lorsqu'il l'avait fait, Jeannette s'échappait de son étreinte et se promenait dans la pièce en sous-vêtements, brossant ses cheveux, se poudrant le visage, comme si elle avait l'intention de partir, et Pierre devait alors se contenter de ce spectacle.

Elle portait des chaussures à talons hauts et avait gardé ses bas et son porte-jarretelles; on pouvait voir sa chair entre les jarretelles et le slip, de même qu'entre sa taille et son petit soutien-gorge.

Au bout d'un moment, Pierre essaya de l'attraper. Il voulait la déshabiller. Il réussit seulement à lui enlever son soutien-gorge lorsqu'elle lui échappa de nouveau pour exécuter devant lui une petite danse. Elle désirait lui montrer tous les pas qu'elle connaissait. Pierre admirait sa légèreté.

Il l'attrapa au moment où elle passait devant lui, mais elle ne le laissa pas toucher son slip. Elle lui permit seulement de lui ôter ses bas et ses chaussures. Mais, à ce moment précis, elle entendit Jean entrer.

Dans cette tenue, elle bondit hors de la chambre de Pierre pour saluer Jean. Il la vit se jeter dans ses bras, vêtue de son seul slip. Puis il aperçut Pierre, qui l'avait suivie, mécontent de se voir ainsi privé de son plaisir, mécontent de voir Jeannette lui préférer Jean.

Jean comprit aussitôt. Il n'éprouvait aucun désir pour Jeannette. Il voulait s'en libérer. Aussi la repoussa-t-il, les laissant tous les deux.

Jeannette retourna à Pierre. Il essaya de la calmer. Elle demeurait blessée. Elle se mit à faire ses bagages, à s'habiller pour partir.

Pierre lui barra le chemin, la porta jusque dans sa chambre et la jeta sur le lit.

Cette fois-ci, il l'aurait, à tout prix. La lutte était agréable : il sentait le tissu rêche de son costume contre sa peau, ses boutons contre ses petits seins, ses chaussures contre ses pieds nus. Dans ce mélange de dureté et de douceur, de froideur et de chaleur, de résistance et d'abandon, Jeannette eut l'impression pour la première fois que Pierre était son maître. Il le comprit. Il lui arracha son slip, découvrant son désir.

Alors il fut saisi d'une violente envie de lui faire du mal. Il glissa un doigt en elle. Il le remua jusqu'à ce qu'elle se torde de plaisir et d'excitation, puis s'arrêta.

Sous les yeux étonnés de Jeannette, il saisit son pénis dressé et se mit à le caresser pour en tirer le plus grand plaisir, pressant tantôt deux doigts sur le gland, ou bien le saisissant à pleines mains : Jeannette pouvait apercevoir la moindre de ses contractions et de ses dilatations. On aurait dit qu'il tenait dans sa main un oiseau vivant, un oiseau captif qui essayait de sauter sur elle, mais que Pierre retenait pour son propre plaisir. Elle fixait la verge de Pierre, fascinée. Elle rapprocha son visage. Mais la colère qu'avait éprouvée Pierre en la voyant sauter sur Jean n'était pas encore tombée.

Elle s'agenouilla devant lui. Malgré les pulsations de désir qui faisaient vibrer son sexe, elle eut l'impresion que, si Pierre lui permettait seulement d'embrasser sa verge, elle pourrait satisfaire son désir. Pierre la laissa se mettre à genoux. Il semblait prêt à offrir son sexe à sa bouche, mais n'en fit rien. Il continua à se caresser, jouissant avec une certaine rancœur de ses propres gestes, comme pour dire à Jeannette : « Je n'ai pas besoin de toi. »

Jeannette se jeta sur le lit, prise d'hystérie. Ses gestes de démente, sa façon de cacher sa tête dans l'oreiller pour se soustraire au spectacle de Pierre se caressant, la manière dont son corps se cambrait vers le haut — tout cela redoubla l'excitation de Pierre. Mais il ne lui donna pas sa verge. Il se contenta d'enfouir son visage entre ses cuisses. Jeannette se renversa en arrière, un peu calmée. Elle gémissait tout doucement.

Pierre buvait l'écume fraîche de son sexe, mais ne l'amenait jamais jusqu'à la jouissance. Il la mettait au supplice. Dès qu'il sentait sous sa bouche les palpitations du plaisir, il s'arrêtait. Il maintenait les jambes de Jeannette écartées. Ses cheveux caressaient son ventre. Il tendit sa main gauche pour saisir l'un de ses seins. Jeannette était maintenant presque sans connaissance. Pierre savait que, si Jean entrait dans la pièce, elle ne le remarquerait même pas. Jean pourrait même lui faire l'amour, elle ne s'en rendrait pas compte. Elle était tout entière sous le charme des doigts de Pierre : elle attendait de lui tout son plaisir. Et lorsque sa verge frôla enfin sa peau, elle eut l'impression d'une brûlure; elle se mit à trembler. Lui n'avait jamais vu son corps si abandonné, habité seulement du désir d'être pris et comblé. Elle s'épanouit sous ses caresses — l'adolescente avait disparu, la femme naissait.

TABLE DES MATIÈRES

DU MÊME AUTEUR

Aux Éditions Stock
(sous la direction d'André Bay) :

« Composition réalisée en ordinateur par IOTA »

IMPRIMÉ EN FRANCE PAR BRODARD ET TAUPIN
Usine de La Flèche (Sarthe).
LIBRAIRIE GÉNÉRALE FRANÇAISE - 6, rue Pierre-Sarrazin - 75006 Paris.
ISBN : 2 - 253 - 02747 - 2   ✧ 30/5557/1